PAPELES
DE ÍTACA
Y OTROS DESTINOS

RDO PÉREZ

PAPELES
DE ÍTACA

Y OTROS DESTINOS

OCEANO   HOTEL
— DE LAS —
LETRAS

Editor de la colección: Martín Solares
Diseño de portada: Diego Álvarez y Roxana Deneb

PAPELES DE ÍTACA Y OTROS DESTINOS

© 2014, Luis Bernardo Pérez Puente

D. R. © 2014, Editorial Océano de México, S.A. de C.V.
Blvd. Manuel Ávila Camacho 76, piso 10
Col. Lomas de Chapultepec
Miguel Hidalgo, C.P. 11000, México, D.F.
Tel. (55) 9178 5100 • info@oceano.com.mx

Primera edición: 2014

ISBN: 978-607-735-364-5
Depósito legal: B-12344-2014

Hecho en México / Impreso en España
Made in Mexico / Printed in Spain

9003855010514

A la memoria de Rafael Muñoz Saldaña

I
Viajes

*Aunque el dato es incierto,
aseguran haber visto un barco
atravesando el desierto.*

PAPELES DE ÍTACA

Como iba resuelto a perderme,
las sirenas no cantaron para mí.

A Circe, JULIO TORRI

UNA MAÑANA TAMBIÉN YO PARTÍ DE ÍTACA DEJANDO
atrás hacienda, oficio y mujer. Me embarqué en pos
de la gloria que ennobleciera mi linaje e hiciera de
mí un esclarecido caballero. Me veía convertido en un va-
rón de renombre cuyas hazañas serían contadas por los cronistas, celebradas por los poetas y evocadas con reverencia
por las generaciones venideras. Pero aunque mi peregrinaje
fue tan largo como el del héroe y hubo en él penalidades sin
cuento, ninguna Circe, ningún Polifemo, ninguna sirena de
canto seductor se cruzó en mi camino. Tampoco hallé en
todo el Ponto –el cual recorrí afanosamente de un extremo
a otro– rival con quien chocar mi acero ni alguna hospitala-
ria Nausícaa dispuesta a rescatarme de los naufragios de mi
alma. Así fue como, tras largos años de ausencia, regresé al
terruño escaso de proezas que dieran brillo a mi blasón y de
las cuales pudiera envanecerme. Tuve entonces que aguzar
el ingenio: tramé embelecos que llenaron de asombro a mi

Penélope, fabulé lances que me ganaron la admiración de los vecinos y concebí andanzas que, en el café, emocionaban al barbero, al sastre y al notario. Y a fuerza de repetir tales historias y para no olvidarlas, comencé a llenar papeles con ellas. Resultó que al irlas escribiendo sumaba personajes, complicaba intrigas y prodigaba hechos sorprendentes nacidos al vuelo. Con el paso del tiempo he comprendido que nunca alcanzaré las riquezas, los títulos y los honores que con tanto afán ambicioné. Me queda tan sólo el consuelo de estos folios, los cuales se han ido multiplicando hasta formar gruesos legajos que acumulo en el cuarto de los arreos y que, a veces, doy a leer a otros, sin decirles nunca si lo allí contado pertenece a la realidad o al reino de la ilusión.

El arte de buscar tesoros

L AUTÉNTICO BUSCADOR DE TESOROS VALORA LA
paciencia. Sabe que en su oficio –oficio arduo e incierto– la premura es desaconsejable; que un descubrimiento, aunque sea modesto, es resultado de una larga
preparación, de una cuidadosa ascesis; no se trata de hundir
la pala en cualquier parte ni adentrarse sin más en la primera cueva que le salga al paso.

Por eso, el buscador de tesoros se demora durante meses
e incluso años estudiando los mapas, memorizando el nombre de pueblos y caseríos, siguiendo con el dedo los interminables vericuetos del camino señalados en el plano, los
cruces y las desviaciones antes de lanzarse a recorrerlos. Y
una vez sobre el terreno, observa el entorno sin prisa para
adueñarse del paisaje con la mirada y dejar que éste lo guíe
hacia su objetivo.

El buscador de tesoros se detiene en los albergues para
beber y conversar con los parroquianos, siempre atento a
los indicios reveladores. Con discreción, pregunta sobre el
pasado de la localidad con el fin de saber más sobre las rutas
de las diligencias que siglos atrás transportaban oro y plata,
sobre los escondites usados por los bandidos para ocultar su
botín y sobre las haciendas abandonadas en cuyas ruinas se

han hallado –según cuenta gente de fiar– suntuosos candelabros de bronce, salseras de plata, camafeos de marfil y espejos de mano que aún conservan el reflejo de la dama que solía mirarse en ellos. Con tal de ganarse la confianza de los lugareños, se ve obligado a permanecer en la localidad. Se justifica aludiendo a las bondades del clima o al desprecio que siente por las grandes ciudades. En ciertos casos, incluso llega a establecerse allí. Adquiere una casita con un minúsculo huerto y finge sentirse a sus anchas. A veces renta un local en el centro del pueblo y abre un negocio, por ejemplo, una tienda de géneros o una barbería. De esta forma puede quedarse el tiempo necesario para explorar la zona sin despertar sospechas.

Por las noches recorre sigilosamente los campos circundantes armado con un detector de metales, una pala y un pico. Sin embargo, prefiere prescindir de tales instrumentos, pues ellos revelarían sus verdaderas intenciones.

El buscador de tesoros se esfuerza para que los habitantes del lugar dejen de considerarlo un extraño. Trata de que lo acepten como uno de los suyos. Hace amigos, discute de política en los cafés, asiste a misa los domingos y está presente en los actos cívicos.

A veces, mientras espera en la tienda de géneros o en la barbería la llegada de los clientes, una idea extraña se insinúa en su mente: sospecha que el principal objetivo de los buscadores quizá no sea el tesoro en sí mismo, sino la búsqueda. Pero si esto fuera cierto su empeño dejaría de tener sentido en caso de descubrir un tesoro y, en consecuencia, perdería la razón de existir.

Es posible que, durante esos aciagos momentos, también llegue a la conclusión de que cada tesoro espera a su propio buscador y cada buscador deberá emprender la búsqueda del tesoro que la vida le ha reservado sólo a él. El suyo podría ser un baúl apolillado rebosante de joyas, un saco de monedas antiguas o una caja de caudales con el contenido intacto. Pero quizá tenga un aspecto muy diferente. Ello lo obligará a estar alerta en todo momento para reconocerlo en cuanto lo vea. Podría presentarse, digamos, bajo la forma de una muchacha morena que, una tarde cualquiera en una calle cualquiera, lo observa desde su balcón. En tal caso, el buscador de tesoros se vería obligado a detenerse para mirar a la muchacha. Si ella le sonríe en ese preciso momento comprenderá –no sin cierta desazón– que su búsqueda ha concluido.

SUPERVIVENCIA

JOVEN LATINOAMERICANO LLEGA A PARÍS (AEROPUERTO Charles de Gaulle, vuelo 326). Trae consigo, entre otras cosas: la dirección de un amigo uruguayo, cuatrocientos veinte euros y un abrigo café que heredó de su padre. El amigo uruguayo ya no vive en ese domicilio, los euros le duran algo más de una semana y el abrigo café resulta insuficiente para enfrentar el más crudo invierno de los últimos veinte años. Muy pronto su situación se torna desesperada, pero no se rinde. Lava platos en un restorán a cambio de la comida y, por una módica suma, entrega dos veces por semana su cuerpo moreno y atlético a madame Bouchard, la patrona del restorán. Con ese dinero alquila un cuarto miserable en el último piso de un edificio miserable. Aún queda el inconveniente del clima, pues el cuarto miserable carece de calefacción. El frío es despiadado. Por fortuna, en uno de los puestos de libros instalados a orillas del Sena encuentra un viejo calendario de llantas Michelin ilustrado con obras de la escuela impresionista. De regreso en su habitación, con las manos ateridas y al borde de la hipotermia, recorta las reproducciones a color del calendario y las pega en las paredes. Eso le salva la vida. Y es que ¿quién puede morirse de frío entre los soleados paisajes de Renoir, los cálidos jardines de Monet y la luminosa exuberancia tropical de monsieur Gaugin?

LA ÚLTIMA PALMERA

CABÍA LA POSIBILIDAD DE QUE EL VISTA TROPICAL ya no existiera, de que lo hubieran demolido para construir en su lugar un edificio de departamentos, una estación de gasolina o uno de esos hoteles que se hallan al borde de la carretera: sin personalidad pero con alberca y televisión satelital. A lo mejor me encontraba con un terreno baldío.

Aun así, decidí ir. Solicité vacaciones en el trabajo y llamé a Marcela para informarle que estaría fuera algunos días. No quise darle más información y ella no preguntó. Dijo que era libre de hacer lo que me viniera en gana siempre y cuando hiciera a tiempo la transferencia bancaria; el ortodoncista de las gemelas y las colegiaturas no se iban a pagar solas. Quise hablar con las niñas, pero habían salido con sus abuelos.

Metí algunas cosas en una maleta pequeña y, después de llenar el tanque de gasolina, me lancé a la carretera con la sospecha creciente de que me disponía a cerrar un capítulo de mi vida. Un capítulo olvidado durante casi tres décadas y que la memoria me devolvió intacto cuando me informaron de la muerte de mi prima Amelia. Había fallecido de cáncer un año antes y en todos esos meses estuve pensando obsesivamente en ella. También en la cajita de lámina enterrada junto a la palmera que crecía en el rincón más umbroso del jardín.

Por algún motivo que nunca entendí, siempre íbamos al mismo lugar e invariablemente nos hospedábamos en el mismo hotel. Las vacaciones transcurrían de manera casi idéntica y, quizá por eso, hoy se confunden en la memoria y aparecen como un dilatado y único verano. Un verano sin tiempo ni orillas.

Los primeros en llegar eran mis tíos y mi prima. Venían en su camioneta con una montaña de maletas y en compañía de su amado Gagarin, un viejo bulldog bautizado así en honor del cosmonauta soviético. Uno o dos días después arribábamos nosotros a bordo del destartalado Ford Fairlane de mi padre. Veníamos con menos equipaje y sin perro, pero con una caja de piñas y otra de plátanos compradas en el camino y que, casi siempre, terminaban pudriéndose con el paso de los días. Antes de instalarnos, papá se enzarzaba en una discusión con el administrador, don Jacinto, por los altos precios de las habitaciones, mientras que mi tía se mostraba invariablemente molesta por la rusticidad del lugar y lo lejos que quedaba la playa. Sin embargo, nunca les pasó por la cabeza quedarnos en otro lado.

El hotel estaba a las afueras del pueblo. Aparecía de pronto al salir de una curva, del lado derecho de la carretera. En aquel entonces no había otros edificios cerca, sólo el Vista Tropical: una construcción cuadrada de dos plantas, con pasillos exteriores, mosaicos azules, barandales de herrería y unas quince o veinte habitaciones.

Se entraba por un gran portón de madera que siempre permanecía abierto y seguíamos por un camino de grava hasta el jardín lleno de flores y palmeras. Mi padre dejaba el auto en un rudimentario estacionamiento cubierto con láminas de asbesto.

El único detalle llamativo en la recepción era una chimenea incongruente e inútil. Junto a ella colgaban los correspondientes utensilios: tenaza, atizador, pala y escobilla. ¿A quién se le había ocurrido construir una chimenea en una zona en la cual las temperaturas solían llegar a los 40 grados?

También había un comedor y un salón de estar cuyo antiguo ventilador de techo se esforzaba por remover un poco el aire sobre las cabezas de los huéspedes. En el salón jugué interminables partidas de ajedrez contra mi padre y mi tío con el único objetivo de combatir el tedio y allí aprendió Amelia a tocar la guitarra.

Para llegar a la playa era necesario cruzar el jardín, avanzar por un sendero que atravesaba la selva y, tras unos diez minutos de marcha, el mar nos recibía con su brillo cegador. Nada más pisar la arena, mi tío recitaba el mismo poema. Eran unos versos supuestamente escritos por él, pero que, como descubrí años después, eran de Unamuno: *Sed de tus ojos en la mar me gana;/hay en ellos también olas de espuma;/rayo de cielo que se anega en bruma/al rompérsele el sueño, de mañana.*

Permanecíamos dos o tres semanas en el hotel. Mi prima y yo jugábamos badminton, leíamos historietas y llenábamos cuadernos con dibujos de barcos y castillos de ensueño llenos de torres y habitaciones secretas. Sólo salíamos para ir a la playa, al puerto y a tomar helados en la plaza central.

Cada año hacíamos amistad con algunos niños y niñas de nuestra edad que también se hospedaban allí con su familia.

Al concluir las vacaciones prometíamos reencontrarnos el verano siguiente, pero ninguno regresaba. Al anochecer se iniciaba el rumor de los insectos; su bullicio misterioso sustituía al de las aves diurnas y acompañaba nuestro sueño. Por la mañana el jardín aparecía cubierto de grillos destripados y mariposas devoradas por las hormigas. Ese espectáculo entristecía a mi prima, quien acostumbraba guardar las alas rotas de las mariposas. Valiéndose de unas pinzas para cejas, tomaba aquellos delicados fragmentos verdiazules, casi turquesas, y los introducía con infinito cuidado entre las páginas de los libros.

Alrededor de las diez de la noche llegué a la intersección que conducía al hotel. Numerosas construcciones ocupaban ahora las orillas de la carretera. Temí haberme extraviado. Sin embargo, pasados quince minutos, al salir de una curva, identifiqué el edificio de dos plantas. Una parpadeante luz de neón me informó:

VISTA TROPICAL

HOTEL-GARAGE

JACUZZI EN TODAS LAS HABITACIONES

Reduje la velocidad y vacilé antes de entrar. Bastaba mirar el anuncio para darse cuenta de que el sitio ya no era el mismo. Al parecer, el hotel había dejado de ser un lugar «para familias», como se decía antes, convirtiéndose en un refugio para el sexo clandestino. Me pregunté por qué había ido allí y si tenía sentido el largo viaje. Pensé en la última palmera, la que crecía en lo más oculto del jardín; la palmera que Amelia y yo llegamos a considerar de nuestra propiedad.

Atravesé el portón y conduje hacia el estacionamiento. A la luz de los faros advertí que el exterior se encontraba hecho una ruina; las plantas lo habían invadido todo, creciendo sin orden y formando una barrera que imaginé impenetrable. La solitaria luz de la recepción servía de faro en medio de la noche.

En el estacionamiento había tres autos más. Me detuve y saqué la maleta de la cajuela. Antes de dirigirme al hotel, me detuve un momento para dejar que la brisa salada me anegara los pulmones. El canto de los grillos era ensordecedor; sin embargo, al aguzar el oído creí escuchar a las olas resonando a lo lejos.

El hotel nunca fue lujoso, pero en mi recuerdo ostentaba cierta dignidad provinciana. Sin embargo, más de veinte años después, lo encontré muy distinto. Las paredes de la recepción estaban pintadas de anaranjado y mostraban manchas de salitre. Dos horribles bodegones y una maceta con plantas de plástico colocadas sobre una mesita pretendían –con poco éxito– alegrar el lugar. Lo único que reconocí fue la chimenea de piedra, única sobreviviente de la época en que mi familia se hospedaba allí.

Solicité una habitación al encargado, un joven con gorra de beisbolista, rostro cubierto de acné y expresión de aburrimiento. Le pregunté si tenía desocupada la número 14. Él me entregó la llave. Dijo que debía pagar por adelantado. Tras entregarle el importe subí al primer piso y recorrí el pasillo exterior. Solamente algunas habitaciones mostraban luz en las ventanas. No me costó trabajo encontrarla.

El interior olía a desinfectante, aromatizador de fresa y humedad. Encendí la luz y miré a mi alrededor intentando encontrar algo que me ayudara a conectarme con el pasado. El lugar ya no era el mismo. En vez de los rústicos y pesados muebles de antaño había ahora un mobiliario más moderno. Un armazón metálico fijado en el muro sostenía un aparato de TV. El baño había sido reformado para instalar un jacuzzi. Éste no era más que una tina color azul apenas un poco más grande que una bañera convencional. Comencé a sacar la ropa de la maleta, pero a los cinco minutos una desgana infinita me impidió continuar con la tarea. La sospecha de que aquel viaje había sido inútil comenzó a insinuarse en el borde de la conciencia. Para ahuyentar este pensamiento salí a fumar al pasillo. Apoyado en el barandal miré hacia abajo. La oscuridad de aquella noche sin luna me impedía ver el jardín. Con muchos esfuerzos distinguí los perfiles irregulares de los arbustos que el viento agitaba. De alguno de los cuartos emergió la risa apagada de una mujer.

El humo del cigarrillo no fue suficiente para ahuyentar a los mosquitos, así que regresé a la habitación. Encendí el ventilador del buró y me tumbé en la cama. El viaje me había dejado exhausto. Sumido en la oscuridad intenté convocar al sueño mientras recordaba las tardes de mi infancia y primera juventud en el hotel.

Mis padres y mis tíos acostumbraban beber una copita de anís después de comer y luego tomaban largas siestas. Durante ese tiempo, mi prima y yo éramos libres para jugar en compañía de Gagarin y de los niños con los cuales habíamos hecho amistad ese año. Indiferentes al calor nos entregábamos a nuestras fantasías. Organizamos complicados juegos y montamos improvisadas piezas teatrales en el jardín. Aquel espacio verde cubierto de flores se transformaba en nuestro reino, en un Edén privado que nos permitía aislarnos del mundo.

Fue durante una de esas tardes, poco antes de entrar en la adolescencia, cuando Amelia y yo nos besamos por primera vez. Ella tomó la iniciativa; fue casi una reacción instintiva. Ocurrió a la sombra de nuestra palmera. En la recóndita penumbra verde, recargado contra el tronco, recibí el ofrecimiento de unos labios que primero me llenaron de confusión y después de asombro. Fue una revelación que duró unos cuantos segundos, pero que nos trastornó a los dos. Salimos a la luz llenos de perplejidad, sin entender muy bien lo que había sucedido ni por qué.

Y fue precisamente esa confusión la que, creo yo, nos llevó a repetir la experiencia al día siguiente. Quizá queríamos desentrañar el sentido de aquello y la única forma que se nos ocurrió era fundir nuestros labios una vez más para beber el uno del otro. Varias veces durante aquellas vacaciones regresamos con sigilo hasta la palmera para encarar el enigma y dejarnos sorprender por él.

Las cosas no llegaron más allá de los besos y algunas torpes caricias; sin embargo, fueron suficientes para trastornarnos.

Hacia el final de aquel verano, aún sin entender con claridad lo que estaba ocurriendo y sin atrevernos a utilizar la palabra amor, decidimos poner a buen resguardo nuestro secreto.

La idea de la cajita fue de Amelia. Era una pequeña caja de lata, propiedad de mi prima, que alguna vez contuvo caramelos importados y en cuya tapa podía verse una aldea tirolesa. Uno de los dos guardaría allí un tesoro, algo que apreciara mucho y que deseara regalarle al otro pero sin decirle lo que era. Enterraríamos la cajita al pie de la palmera hasta las próximas vacaciones. De esta forma el tesoro estaría esperando al destinatario durante un año. Entonces le correspondería al otro poner algo en la caja.

No me pregunten cómo se relacionaba esto con el descubrimiento que habíamos hecho durante esas vacaciones. Lo único que sé es que, en ese momento, la ocurrencia de mi prima me pareció lógica y natural. El primero en dejar un tesoro fui yo. Después de pensarlo un poco decidí que mi posesión más valiosa era el reloj de pulsera que me había regalado mi madre. Lo envolví en un pañuelo sin que Amelia lo viera y, tras introducirlo en la cajita, lo deposité con mucha ceremonia en el agujero que previamente había excavado en el suelo, a cuatro pasos de la palmera. Luego ambos cubrimos el hoyo con tierra.

Durante el tiempo que medió entre ese verano y el siguiente nuestras respectivas familias se reunieron por distintos motivos (bautizos, aniversarios, cenas). En esas ocasiones el trato entre Amelia y yo fue el de siempre. Nada en la conducta de ambos revelaba lo ocurrido. Ello tenía que ver, por supuesto, con la necesidad de ser discretos, pero también con la certidumbre de que la atracción que habíamos experimentado se encontraba aplazada; permanecía oculta dentro de una caja de caramelos importados al pie de una palmera. Allí aguardaba, junto con mi reloj, a que ambos regresáramos por ella.

Así, cuando al año siguiente volvimos al Vista Tropical y abrimos la caja descubrimos que nuestro idilio se había conservado intacto. No puedo decir lo mismo de mi reloj, el cual no resistió la humedad del suelo y quedó inservible.

Eso no me importó. Tampoco le importó a Amelia, quien lo recibió como si se tratara de una gema valiosísima.

Ese verano vivimos en un estado de enajenación permanente, sumidos en una ebriedad que nos impedía notar el paso del tiempo. Nos debatíamos entre el deseo de encontrarnos bajo la palmera del jardín y el temor a ser descubiertos; entre la fascinación que suponía adentrarse en un territorio ignoto y el sentimiento de culpa por estar haciendo algo que considerábamos terrible. Tampoco entonces hubo otra cosa que besos y caricias furtivas (quizá algo más). Sin embargo, para nosotros era una conmoción, un vértigo y una incertidumbre que nos fascinaba y torturaba al mismo tiempo.

A diferencia de los veranos anteriores, los cuales, como ya dije, resultan indistinguibles los unos de los otros, ése en particular se presenta nítido en mi memoria. Son días luminosos hasta el punto de volverse cegadores. Nunca como entonces el mar fue tan azul ni el cielo tan inmenso. También fueron días que transcurrieron con insólita rapidez. En nuestra inconsciencia habíamos terminado por olvidar el paso del tiempo y un día, para nuestra consternación, nos dimos cuenta de que las vacaciones habían llegado a su fin.

La víspera de la partida realizamos por segunda vez nuestra ceremonia secreta. Ahora le tocaba a Amelia colocar un tesoro dirigido a mí en la caja de caramelos. Sin mostrarme lo que era, puso algo dentro y cerró la tapa con rapidez. En su rostro se dibujó una sonrisa enigmática.

Más tarde, ese mismo día, el clima cambió de manera inesperada. Nubes de tormenta se congregaron sobre nosotros como un anuncio de lo que vendría. Abandonamos el hotel junto con nuestros padres en medio de una lluvia ligera que algunos kilómetros después se transformó en tormenta. Ni

Amelia ni yo imaginábamos que ésas habían sido nuestras últimas vacaciones juntos.

Algunos meses más tarde su padre enfermó y murió. Mi papá emprendió un negocio que se fue a pique, por lo que la situación económica en casa se tornó difícil. Luego entré a la secundaria. Mi prima se fue a vivir al extranjero con su mamá y pasó mucho tiempo antes de que volviera a saber de ella. Estudié arquitectura, viajé, conseguí un empleo mal remunerado, luego otro (también mal remunerado), me casé con Marcela y tuvimos a las gemelas...

Un par de veces, Amelia y yo coincidimos en alguna reunión familiar. Se había casado con un italiano y tenía una hija. Lucía feliz y serena. En una de esas ocasiones, mientras conversábamos con una copa en la mano sobre lo que éramos y lo que hubiéramos querido ser, le pregunté si recordaba los veranos en el Vista Tropical. Ella asintió con una sonrisa. Luego, cuando me atreví a mencionar la cajita de caramelos soltó una carcajada divertida. Pese a mi insistencia no quiso revelarme qué había puesto en ella. «Si quieres saber, ve y desentiérrala», me dijo.

Luego, una tarde de enero me informaron que Amelia había perdido la batalla contra el cáncer. La noticia me sorprendió, pues no estaba enterado de su enfermedad. Durante la ceremonia fúnebre conocí a su marido y a su hija. En aquel entonces me hallaba demasiado perturbado por mi inminente divorcio y, quizá como una forma de evasión, comencé a buscar cobijo en los recuerdos de una época que consideraba más feliz. El mar, la playa, el Ford Fairlane de mi padre, los versos que recitaba mi tío y, sobre todo, el cuerpo de mi prima apenas cubierto por un traje de baño amarillo. Todo ello ocupó mi mente durante aquel periodo.

Por eso volví al Vista Tropical.

Desperté alrededor de las nueve de la mañana con dolor de cabeza. La luz del sol se filtraba entre las persianas. En algún momento de la noche el ventilador había dejado de funcionar, de manera que la habitación era un horno. Las sábanas estaban húmedas de sudor. Me incorporé y fui a tomar una ducha. Al terminar llené el vaso del lavabo con agua del grifo y tomé dos aspirinas. Salí al pasillo a medio vestir y me aproximé al barandal para mirar hacia abajo. La hierba, las flores y los arbustos habían tomado posesión de cada centímetro cuadrado hasta convertir el jardín en una verdadera selva. Las palmeras se alzaban bajo el sol como guardianas de aquel espacio verde que ningún jardinero parecía haber tocado en mucho tiempo.

Como suele ocurrir cuando un sitio es confrontado con su recuerdo, el jardín me pareció en ese momento pequeño e insignificante. Nada tenía que ver aquel ruinoso pedazo de terreno con el reino que habité durante las tardes veraniegas mientras los adultos tomaban anís y se entregaban a largas siestas bajo los mosquiteros. Las nuevas construcciones que cercaban el lugar contribuían sin duda a acentuar el desajuste.

Volví a preguntarme qué estaba haciendo allí; mis razones me parecieron banales, meros pretextos para escapar del presente y de una sensación de inutilidad que había experimentado durante los últimos meses y que yo, ingenuamente, pretendía ignorar refugiándome en el pasado.

De pronto me sentí estúpido y resolví regresar a casa ese mismo día. Entonces recordé que aún tenía una semana de vacaciones por delante y no quise desperdiciarla. Se me ocurrió ir a un lugar bullicioso y alojarme en un verdadero hotel: un lugar con servicio en la habitación, alberca y playa privada. Quería emborracharme bajo una palapa, fumar un cigarrillo tras otro y entregarme a una morena frondosa que no guardara el menor parecido con Marcela ni con Amelia.

Volví a la habitación para terminar de vestirme y guardar mi ropa en la maleta. El dolor de cabeza había aumentado, así que tomé otras dos aspirinas. Cuando bajé a la recepción la encontré desierta. Llamé un par de veces al encargado pero nadie respondió. Dejé la llave sobre el mostrador y salí del edificio. El estacionamiento se encontraba vacío. Metí la maleta en el asiento trasero, encendí el motor y puse la reversa.

Mientras maniobraba para salir miré por última vez el jardín. Eso me detuvo.

Apagué el auto y descendí. Regresé sobre mis pasos y entré a la recepción. Sin pensarlo me dirigí hacia la chimenea. De allí tomé la pequeña pala de hierro que colgaba entre el atizador y la escobilla, los cuales seguramente nunca habían sido utilizados.

Cuando volví a salir, la luz del sol me golpeó el rostro y taladró mis ojos. Avancé tambaleante y presa de un mareo que, sin embargo, no me detuvo. Caminé de manera maquinal, sosteniendo la minúscula pala de hierro y abriéndome paso entre la vegetación. El jardín parecía oponer resistencia, como si se negara a dejarme entrar. Me dirigí trabajosamente hacia el extremo más umbroso, allí donde se encontraba (¿todavía?) la última palmera, la más oculta...

La identifique de inmediato y conté cuatro pasos desde su tronco. Sin reparar demasiado en mis acciones golpeé la tierra con el hierro. Abrí el suelo con dificultad. Mientras trabajaba, nunca pensé en la acción corruptora de la humedad, en la herrumbre que a estas alturas habría atacado la lata de la cajita hasta disolverla junto con su contenido. Actuaba por impulso, tercamente; como si se tratara de una tarea vital e impostergable. Como si al realizarla pudiera liberarme de un peso que me oprimía la cabeza, produciéndome aquella insoportable migraña.

Tras excavar de manera febril en varios lugares al fin apareció lo que había estado buscando. Extrañamente, la caja de caramelos de mi prima lucía intacta. Daba la impresión de que nunca hubiera estado bajo tierra. La parte superior mostraba con claridad el pueblo tirolés, las casitas con techo de dos aguas rodeando la pequeña plaza y los aldeanos vestidos con sus trajes típicos. La miré durante largo rato. Se sentía muy ligera, como si se encontrara vacía. Finalmente me atreví a abrirla.

En el interior había una mariposa verdiazul, casi turquesa. Permanecía inmóvil. Sus alas lanzaban destellos iridiscentes. Al principio la creí muerta. Sin embargo, pasados unos segundos comenzó a agitarse y después batió las alas. Su vuelo la llevó fuera de la caja. Se quedó suspendida ante mí, casi rozándome el rostro. Luego se alejó y fue ganando altura. Se elevó hasta alcanzar el penacho de hojas que coronaba la palmera y siguió subiendo. Volaba tan alto que pronto se convirtió en un pequeño punto. Antes de perderla de vista, noté que se dirigía hacia el mar.

Expedición cinegética

El mecánico levanta el cofre y se asoma al interior con aire profesional. Me pregunta cómo es exactamente el ruido. Intento explicarle pero no es fácil. Mi descripción resulta demasiado imprecisa. No se trata exactamente de un zumbido. Tampoco de un chasquido, ni de un pitido o un silbido, aunque tiene un poco de todo esto. A veces suena como un rechinido, pero también parece un gruñido, un aullido, una crepitación combinada con el golpeteo característico de una pieza mal ajustada. Sé que mis explicaciones dejan mucho que desear. Me encojo de hombros para expresar impotencia; lo único que puedo decir es que se trata de ruido, un persistente y molesto ruido que desde hace varios días se ha instalado en alguna parte del auto. Aparece en cuanto enciendo el motor y se mantiene imperturbable, insidioso, presagiando alguna avería terrible. Pregunto si es grave, pero el mecánico guarda silencio y mantiene la mirada fija en el vehículo. Parece sumido en profundas reflexiones. Después me pide que encienda el motor. Obedezco. Del interior emerge entonces un ronroneo sedoso y regular. Estoy perplejo. Desciendo del auto y acerco el oído. Nada. Le aseguro al mecánico que el ruido estaba allí, que es la verdad. Él me tranquiliza: claro que me cree, ese fenómeno ocurre con frecuencia. Asegura que algunos sonidos son así, astutos y escurridizos; suelen ocultarse cuando se saben en presencia de un experto, alguien acostumbrado a lidiar con ellos. Acto seguido va por sus herramientas y, tras pedirme que apague el auto, se aproxima al vehículo con la seguridad de un cazador experimentado que conoce a la perfección los rincones en los que suele ocultarse su presa. Armado con una llave de tuercas, unas pinzas y otros utensilios de brillante acero alemán (todos colocados en un cinturón especial) levanta el cofre y examina las entrañas del auto con la ayuda de una linterna. Comienza dando golpecitos aquí y allá con la llave de tuercas. Se inclina para ver mejor. Introduce la cabeza, luego el tronco, y como quien desciende por el tiro de una mina, se adentra poco a poco en la maquinaria. Antes de que se pierda de vista, decido acompañarlo. Me arrastró detrás de él y los dos avanzamos como topos entre tubos, cables, mangueras, válvulas y piezas metálicas de diversos tamaños y formas cuya función ignoro y que me sorprenden porque no imaginaba que hubiera tantas cosas allí dentro y que todo ello fuera necesario para hacer funcionar un automóvil. Gradualmente los espacios se agrandan. Ahora podemos ponernos de pie. Llegamos al final de un largo túnel que desemboca en lo que parece una fábrica o una nave industrial en penumbras. El mecánico escudriña con la ayuda de la linterna cada rincón. De pronto, se detiene y señala con la linterna hacia la derecha. Allí, agazapado tras un tubo de cromo, está el ruido. Al verse descubierto emprende la huida. Nos lanzamos tras él, pero no es fácil avanzar por ese intrincado laberinto. Para colmo el piso se encuentra cubierto de aceite lubricante y varias veces estoy a punto de caer. La persecución se prolonga durante varios minutos por distintos pasillos hasta que, en una intersección, pierdo de vista al mecánico. Me detengo sin saber por dónde seguir. Elijo un camino al azar y avanzo dando traspiés por lo que parece una calle. La oscuridad se vuelve impenetrable. Más que ver, adivino la presencia de grandes y complicadas estructuras metálicas a mi alrededor. Regreso a tientas sobre mis pasos, confuso y temeroso. Pasado un tiempo escucho un forcejeo lejano. Veo una luz. Es el mecánico. Aparece ante mí sosteniendo con sus pinzas de acero alemán una alimaña que se retuerce con desesperación bajo la luz de la linterna mientras lanza desagradables chillidos. Aunque repulsivo, el ruido ya no me parece tan amenazante e incluso llego a considerarlo inofensivo. Me resulta absurdo haberme preocupado tanto por un bicho así. El mecánico parece adivinar mis pensamientos; me aclara que aunque a primera vista parezcan inocuos, muchos de esos ruidos pueden indicar la presencia de desperfectos mayores, algunos de ellos sumamente costosos. Es necesario, pues, darles caza antes de que el daño sea irreparable, dice mientras emprendemos el largo camino de regreso. Cansados pero satisfechos, con el ruido dentro de un saco, cruzamos una estepa cubierta de hierbas altas y abundantes. Una tenue claridad comienza a insinuarse en el horizonte. Es el amanecer.

NUESTRO (OTRO) HOMBRE EN LA HABANA

A Germán Robles
A Farnesio de Bernal

AQUELLO DURÓ VARIOS AÑOS Y AL PRINCIPIO LO atribuí a la casualidad. Pero me ocurría con tanta frecuencia –dos y hasta tres veces al mes– que terminé por imaginar una secreta necesidad cuyo significado se me escapaba. Quizá era una especie de don, pero tan trivial, tan inútil, que en el mejor de los casos apenas merecía un comentario en el café («¿A quién creen que me encontré el otro día?»).

El caso es que me topaba con ellos –y con ellas– en cualquier parte. En la fila del banco, en la sección de frutas y verduras del supermercado, comprando cigarrillos a hurtadillas en una miscelánea o bebiendo a solas en un bar anónimo.

Estoy tentado a decir que todos encarnaban el estereotipo de la estrella caduca, de la gloria decrépita que se complace en ostentar su decadencia en público. Pero, aunque algunos daban esa impresión, la mayoría lucía perfectamente normal. De hecho, en muchos casos ni siquiera los habría reconocido de no ser por un gesto, un movimiento de la mano o un brillo revelador en la mirada que me remitía a cierta secuencia en blanco y negro –o en tecnicolor– vista de madrugada en la televisión.

Sin duda pasé varias veces a su lado sin reparar en ellos, después de todo no soy un experto. De hecho, mi cultura fílmica es bastante limitada.

He de confesar que solamente en contadas ocasiones eran verdaderas luminarias. Las viejas leyendas del celuloide resultaban escasas. Casi siempre se trataba de actores secundarios cuyos nombres ni siquiera podía recordar. «¿Miren quién está allí?», les decía a mis amigos con la esperanza de que alguno lo identificara. «¿En qué película salió esa señora de anteojos?», le preguntaba a mi tía Etelvina apelando a su prodigiosa memoria.

El encuentro más memorable ocurrió en La Habana, una tarde en la que deambulaba por el malecón del brazo de una frondosa jinetera santiagueña. Me encontraba allí para curarme la resaca de un matrimonio fallido y estaba decidido a dilapidar mis últimos ahorros de la manera más estúpida que pudiera encontrar.

Acodado en el pretil del paseo estaba un viejo enjuto de nariz prominente contemplando las olas. Con la naturalidad del conocedor encendía un Partagás valiéndose de un anticuado mechero cromado.

Lo reconocí de inmediato y contra mi costumbre lo abordé:

—¡Oiga! Usted es… –comencé a decir.

—Sí, soy yo –respondió antes de que concluyera la pregunta.

—Salió en aquella película de… –dudé.

—Seguramente –asintió sin dejar de mirar el agua–. Salí en muchas.

—Pues es un honor encontrar aquí a un compatriota tan famoso –afirmé y al instante me sentí avergonzado al darme cuenta de lo estúpido de la frase. Sobre todo porque –lo recordé en ese momento– él era de origen español y no mexicano.

Sin duda se percató de mis pocas luces. Interrumpió la contemplación del mar y me concedió ocho segundos de su atención. A la santiagueña le dedicó veinte y hubieran sido más de no haber sido porque le hice otra pregunta estúpida:

—¿Disfrutando de Cubita la bella?

Podría culpar a las cervezas que había ingerido poco antes o al calor, pero prefiero no salir con excusas. La verdad es que no estaba en mi mejor momento anímico ni mental.

Creo que él lo entendió así. Dio varias caladas cortas al Partagás y le dedicó otros veinte segundos a la santiagueña. Después me miró con una mezcla de resignación y condescendencia.

—Unos amigos organizan una fiesta aquí enfrente –dijo mientras señalaba con un movimiento de cabeza el edificio que se alzaba con precariedad ante nosotros–. Quizá les gustaría acompañarme.

Hubiera preferido declinar la invitación, pero la santiagueña comenzó a dar saltitos de gusto y a decir que sí, que nos encantaría. Quizá esperaba encontrar a algún italiano con más dólares y menos reticencias que yo.

Un sol muy rojo se disponía a ocultarse tras el horizonte cuando cruzamos la avenida para dirigirnos al inmueble. El portal lucía en penumbras y despedía olor a comida. Avanzamos hasta el pie de una escalera que carecía de iluminación.

—La primera vez que estuve en la isla –dijo– las cosas eran muy distintas. Fue a principios de los setenta. Me invitó Castro para inaugurar no sé qué mamada.

Subimos a tientas. El mosaico que recubría uno de los escalones estaba roto. Perdí el equilibrio y estuve a punto de caer. En el último momento logré asirme del pegajoso pasamanos.

—Ahora todo es un desastre –continuó tras asegurarse de que no me había hecho daño–. Sin embargo, me gusta más así, como que hay más vida, más color, no sé… Estoy seguro de que algo importante va a ocurrir…

Quise preguntarle qué era lo que iba a ocurrir, pero preferí concentrarme en el ascenso.

Dando traspiés llegamos al tercer piso y nos detuvimos ante la puerta marcada con el número 31. El estruendo de voces y la música indicaban que la fiesta era allí.

Una gorda con vestido floreado abrió la puerta.

—¿Dónde te habías metido, papito? –le preguntó al actor.

—Salí a recordar mis amores –dijo él.

—Pero si tus amores están aquí mismito, flaco –aseguró la gorda mientras amenazaba con sepultar al viejo entre sus grandes senos.

Él logró evitar el carnal –y mortal– abrazo y los tres nos introdujimos en la habitación. El lugar estaba lleno de gente y humo. Olía a tabaco, sudor, alcohol y una mezcla de perfumes baratos y dulzones. Los Van Van sonaban a través de las bocinas de un reproductor a todo volumen, lo cual obligaba a la gente a hablar a gritos.

Nos abrimos paso a codazos hasta la mesa de las bebidas. Allí estaba un viejo semicalvo y con cara de duende al que también reconocí. «Dos en un mismo día», me dije. «Acabo de romper mi propio récord.» Lucía algo acabado, pero no fue difícil identificar al pretendiente oportunista de una jovencísima Angélica María.

—Eres incorregible, Germán –dijo el viejo al vernos–. Media Cuba está metida en este cuartucho y tú todavía sales a recoger a los primeros muertos de hambre que te encuentras en la calle.

—Más respeto, Farnesio –le reprochó el otro con impostada seriedad–. Son amigos de toda la vida. Aquí el compañero también es mexicano y, además, crítico de cine.

—Bueno, la verdad es que yo no… –intenté aclarar.

—Ha visto todas mis películas. Y también las tuyas.

—¿De veras? –preguntó el otro con un brillo en los ojos.

Asentí con la cabeza, pero algo en mi actitud lo hizo recelar. Con aire desconfiado preguntó:

—¿Y cuál es la que más le gusta?

Hice un gesto indefinido sin decidirme a hablar. Iba a mencionar la cinta con Angélica María pero no recordaba el título. Al darse cuenta de que me hallaba en problemas, el actor nos arrastró hacia el otro extremo de la habitación para alejarnos de su compañero. Noté que había tomado a la santiagueña por la cintura.

—Vengan, quiero que conozcan a alguien.

Comenzaba a sentirme enfermo. El humo me asfixiaba y la música me aturdía.

—Les presento a Yoani –dijo el actor–. Es la bloguera más importante de la isla. El gobierno le ha hecho la vida imposible a la pobre.

Saludé a una joven delgada que me sonrió por compromiso.

El actor se me acercó y me gritó en el oído:

—Si averiguas qué chingados quiere decir «bloguera», me avisas… porque yo no tengo ni la más puta idea.

A continuación lanzó una carcajada. Yo también me eché a reír aunque reconozco que aquello no tenía ninguna gracia.

Busqué con la vista a la santiagueña. Quería darle a entender con la mirada que nos fuéramos, pero ella me ignoró.

«¡Vampiro!», pensé al recordar de pronto el papel más famoso del actor. Entonces se me apareció con sus grandes patillas entrecanas y su porte aristocrático, aterrorizando a una exquisita Ariadne Welter.

La música era cada vez más estridente, o eso me pareció. El actor se alejó con la santiagueña. La bloguera también se fue. Permanecí en medio de la gente, tambaleándome a causa de la borrachera y sin saber qué hacer.

Pensé regresar a la mesa de las bebidas para servirme un ron, pero temí encontrarme de nuevo con el otro actor, el tal Farnesio. Por desgracia, fue él quien me encontró. Lo vi acercarse y, antes de que pudiera escaparme, me encaró.

—No respondió a la pregunta que le hice hace unos momentos, señor-crítico-de-cine. ¿Cuál de mis películas le gusta más?

—Aquella en la que interpreta usted a un neurocirujano –respondí con fastidio.

—¡Lo sabía! Es usted un farsante –exclamó en tono triunfal.

—¡Óigame, no le permito que me hable así! –me defendí.

—Sepa usted que nunca he interpretado a un neurocirujano. Es más, nunca he hecho el papel de médico.

—¿Está seguro?

—¿Acaso cree que no conozco mis propias películas? –gritó por encima de los Van Van.

A empujones me llevó hasta la puerta y los dos salimos al pasillo. Podía haberme resistido. No me hubiera costado nada mandarlo al suelo de un empellón; el viejo no parecía en buena forma y era más bajo que yo. Sin embargo, lo único que deseaba en aquel momento era regresar al hotel. Estaba harto.

—¿Quién es usted? –me interrogó–. Trabaja para ellos, ¿verdad?

—Quizá –respondí haciéndome misterioso.

—Pues dígales que pierden su tiempo. El paquete está en un lugar seguro y si algo le pasa a Germán o a mí, llegará a manos de los gringos. Y no creo que eso le guste a Muñoz.

—No conozco a ningún Muñoz –aseguré, pero entonces recordé a mi amigo Rafael Muñoz, al escritor español Antonio Muñoz Molina (cuya última novela había dejado olvidada en el avión) y a mis primas, las Muñoz Palma.

Di por hecho que no se refería a ninguno de ellos.

—Le advierto una cosa… –empezó a decir, pero en ese momento salió su compañero. Llevaba un vaso de ron en la mano derecha mientras que, con la izquierda, seguía sujetando a la santiagueña por la cintura.

—¿Qué está sucediendo aquí? Ya deja en paz al pobre hombre, Farnesio –dijo.

—¡Este tipo sabe algo! –exclamó el otro–. No es crítico de cine. Además, estoy seguro de que conoce a Muñoz.

El actor me estudió en silencio y luego negó con la cabeza. Pero el otro volvió a la carga:

—No te dejes engañar por su aspecto, Germán. Los eligen así para no despertar sospechas. Todos parecen unos pendejos, pero eso es sólo para que te confíes y bajes la guardia.

Ya había tenido suficiente. Tomé a la santiagueña de la mano y me dirigí a la escalera. Ella se soltó y regresó con el actor. Me encogí de hombros como si no me importara y me dispuse a largarme de allí.

Pese al bullicio y a la música que salía del departamento alcancé a escuchar los pasos de alguien que subía. Luego sonaron golpes sordos, como si un cuerpo rodara escaleras abajo.

Oímos quejarse a un hombre en un idioma que no reconocí. Supuse que alguien acababa de pisar el mismo escalón flojo que yo, pero no había logrado asirse a tiempo del pasamanos.

—¡Son ellos, Germán! ¡Te dije que no era buena idea venir aquí! –advirtió el viejo.

—No pierdas la cabeza, Farnesio –lo tranquilizó su compañero.

—¡Regresemos a la fiesta! No se atreverán a hacer nada allí. Hay demasiados testigos.

—No. Es mejor ir al cuarto piso. Cuando entren al departamento bajamos corriendo y salimos del edificio.

Los cuatro subimos tratando de no hacer ruido. Mientras ascendíamos me pregunté por qué lo estaba haciendo. ¿Qué tenía yo que ver con ellos? La santiagueña se reía como si fuera un juego. El actor le ordenó que se callara. Su voz se había vuelto dura.

Llegamos arriba y permanecimos inmóviles y expectantes. El corazón me latía con fuerza. El actor le dio un trago a su bebida. Lucía impasible. Según pude deducir por el ruido de pasos, eran por lo menos tres individuos. Recorrieron el pasillo hasta detenerse ante el número 31. La música aumentó de intensidad, lo cual significaba que se había abierto la puerta.

—Disculpen, caballeros, pero ésta es una fiesta privada –oí decir a la gorda. Acto seguido lanzó algunos improperios. Imaginé a los desconocidos entrando a la fuerza.

—¡Vamos! –dijo el actor y los cuatro bajamos atropella-damente. Pasamos sin detenernos frente el departamento donde se celebraba la fiesta y seguimos por el oscuro pasillo para tomar el siguiente tramo de escalera.

Milagrosamente conseguimos llegar hasta la planta baja sin tropezar. El plan parecía haber funcionado. Sin embar-go, cuando estábamos a punto de salir a la calle vimos a un sujeto calvo montando guardia afuera. Nos detuvimos en seco. El tipo miraba hacia el portal con insistencia. Al prin-cipio supuse que nos había visto, pero luego me di cuenta de que el interior estaba tan oscuro que desde donde él es-taba resultábamos invisibles.

Los transeúntes pasaban junto al sujeto sin prestarle aten-ción a pesar de su aspecto patibulario. Cuando una ráfaga de viento agitó los faldones de su camisa creí distinguir un arma en la cintura.

—¡Estamos atrapados! –exclamó el pretendiente de An-gélica María en voz baja.

—Déjame pensar un momento –dijo el actor.

—Quizá la mujer pueda salir a distraerlo.

—¡Estás loco, Farnesio! No voy a arriesgar su vida –res-pondió–. El edificio debe tener otra salida.

Nos dirigimos al fondo del portal avanzando a ciegas. No habíamos recorrido mucha distancia cuando topamos con pared.

—¿Ahora qué hacemos, Germán? –preguntó el viejo con inquietud.

—Salir por el frente. Hubiera preferido no desperdiciar un Cubay Añejo tan bueno como éste.

Para mi sorpresa, se dirigió con paso decidido hacia la ca-lle. Los demás lo seguimos sin atrevernos a detenerlo.

Salió y se plantó frente al tipo como si lo conociera de toda la vida. El sujeto puso cara de sorpresa. De manera automática llevó la mano a la cintura, sin duda para tomar el arma, pero a medio camino se detuvo. Pasaba demasiada gente y quizá consideró que no era buena idea ponerse a disparar en la vía pública. En lugar de eso sacó un teléfono celular y comenzó a marcar; seguramente llamaría a sus compinches. Germán aprovechó ese instante para aproximarse más. Aún llevaba el vaso de ron que se había servido en la fiesta.

Con absoluta frialdad arrojó el contenido del vaso al rostro de aquel individuo. Luego, con la otra mano extrajo de su bolsillo el mechero cromado. Mediante un rápido movimiento del pulgar levantó la tapa y accionó un par de veces la ruedecilla metálica hasta que emergió una pequeña llama.

De inmediato comprendí lo que pretendía hacer: lanzaría el encendedor a la cara del sujeto –quien había quedado empapado de ron– con la finalidad de convertirlo en una tea humana. Así, mientras éste se retorcía en el suelo envuelto en llamas, nosotros podríamos huir.

El problema es que esta clase de cosas solamente ocurren en las películas. La realidad suele operar bajo una lógica muy distinta a la del cine: con frecuencia estropea los planes mejor concebidos y contradice las previsiones más confiables. Así, las cosas no sucedieron como esperaba el actor. Durante su vuelo, el mechero se apagó golpeando al calvo en la nariz. Además, ahora que lo pienso, aunque la flama hubiera llegado a su destino, difícilmente habría incendiado la cara del calvo. Nunca he hecho el experimento, pero no me parece que el ron sea tan inflamable como el queroseno o la gasolina. En fin, el caso es que el plan fracasó y sólo sirvió para enfurecer al tipo. Éste se lanzó contra el actor, lo tomó de las solapas y lo empujó dentro del edificio, allí donde los transeúntes no pudieran verlo a él ni a su víctima.

En ese momento ocurrieron cuatro hechos significativos: primero, el desconocido, quien poseía unas manazas enormes, comenzó a ahorcar al actor; segundo, el pretendiente de Angélica María intentó ayudar a su colega aferrándose como un mico a la espalda del desconocido; tercero, la santiagueña, al ver lo que ocurría, comenzó a gritar, y cuarto, un servidor, que nunca ha sido de reacciones rápidas, se quedó parado como un estúpido sin saber qué hacer.

Entonces el calvo y los dos viejos cayeron al suelo, donde siguieron forcejeando. En la penumbra del portal apenas podía distinguir sus cuerpos; formaban una masa informe y jadeante. En ese momento, guiado por un impulso, di dos pasos hacia el frente y lancé un fuerte puntapié. Sentí cómo mi zapato golpeaba contra algo duro. En ese instante me arrepentí de lo que acababa de hacer, pero ya era demasiado tarde: escuché un quejido y luego vi una silueta quedar exangüe.

Los dos actores se pusieron de pie con la respiración entrecortada. Parecían estar bien. En cambio el tipo permaneció en el suelo.

—Vaya puntería —dijo el actor—. Parece que le partiste el cráneo.

—¿Esta muerto? —pregunté aterrado.

—Se lo merecía —terció Farnesio mientras se arreglaba la ropa.

Germán se inclinó sobre el sujeto. Alcancé a distinguir cómo colocaba los dedos índice y medio en el cuello del caído para sentir el pulso. Infinidad de veces había visto hacer eso en las películas.

—Vivirá. Solamente perdió el conocimiento –me informó mientras yo respiraba aliviado.

A continuación dijo que debíamos salir de allí inmediatamente; era necesario abandonar el edificio antes de que los compinches del calvo nos descubrieran. Farnesio obedeció sin decir palabra; rápidamente se dirigió a la puerta del edificio. En cambio la santiagueña y yo permanecimos congelados, incapaces de movernos. Ella había dejado de gritar. Miraba con los ojos muy abiertos al sujeto que permanecía tirado a medio portal.

—Vamos, chicos, vengan con su tío Germán –dijo mientras nos tomaba del brazo para obligarnos a avanzar–. No tenemos nada que hacer aquí.

Salimos a la calle. El sol se había ocultado ya, pero un resplandor escarlata persistía en el cielo. La gente pasaba a nuestro lado sin imaginar lo que había ocurrido hacía unos instantes. Con discreción pero también con firmeza el actor nos empujo hacia delante.

—Caminen rápido, pero sin correr. No hay que llamar la atención.

Avanzamos hasta llegar a la esquina. Farnesio abría la marcha. Lucía despreocupado; era un turista más paseando por la ciudad. Antes de doblar a la derecha en la primera calle miré hacia atrás para asegurarme de que nadie nos seguía.

Algunos metros más adelante, el actor se detuvo y, sin dejar de mirar en torno suyo, nos dijo:

—Aún no estamos a salvo. Hay que separarse; si seguimos juntos seremos un blanco fácil. Nos vemos dentro de dos horas en la casa de Álvarez.

Obedecimos sin discutir. Pensé que la santiagueña vendría conmigo, pero se fue con el actor. No me importó. Avancé a paso veloz durante varios minutos tratando de no llamar la atención. Un sudor helado me cubría la espalda. Al llegar a la siguiente esquina me di cuenta de que no tenía la más remota idea de quién era Álvarez ni dónde vivía. Pensé regresar sobre mis pasos, pero me dio miedo encontrarme con el matón al que había pateado o con sus cómplices. Caminé sin rumbo durante horas y, sin saber cómo, llegué a mi hotel.

Una vez en la habitación, estuve mucho rato bajo la regadera. Luego me metí en la cama a pesar de que aún era temprano. Durante toda la noche me mantuve alerta, aguzando el oído y creyendo escuchar ruidos sospechosos afuera.

Al día siguiente hice las maletas a toda prisa, pagué la cuenta y tomé el primer vuelo de regreso a México. En el aeropuerto Benito Juárez, mientras buscaba la salida, pasó a mi lado una señora entrada en años cuyo rostro me resultó familiar. Se parecía a Hilda Aguirre, la protagonista de *Sor Ye-Ye*. No quise averiguar si realmente era ella; apreté el paso y salí en busca de un taxi.

De paso

M E LO REGALÓ UN AMIGO QUE CONOCE MI AFICIÓN por los objetos curiosos y en desuso. Afirma haberlo encontrado en un tenderete de cacharros oxidados mientras vagabundeaba por un mercadillo de barrio.

Era un antiguo llamador de hotel, redondo y plateado, como los que aparecen en las películas (nunca los he visto en los hoteles de verdad). Al darle un golpecito con la mano producía un sonido delicado pero apremiante.

Lo puse sobre mi escritorio, entre el abrecartas *art nouveau* y la reproducción del aeroplano con el que Lindbergh cruzó el Atlántico. De vez en cuando lo accionaba en la soledad de mi estudio para escucharlo timbrar.

Cierta noche soñé con el llamador, o más bien con su «cling», «cling», que me reclamaba imperioso por toda la casa. En el sueño me vi avanzando por el pasillo rumbo a mi estudio. Al trasponer el umbral me topé con un desconocido. Se encontraba de pie ante el escritorio en actitud de espera. Vestía gabardina y un viejo sombrero de fieltro. A su lado había una maleta de cuero bastante gastada. Dijo que estaba de paso y que necesitaba alojamiento durante una noche. Me preguntó si tenía habitaciones libres. Le respondí que sí, como si aquello fuera lo más natural del mundo.

El individuo sacó una elegante pluma fuente para llenar el libro de registro, pero como yo no tenía ninguno le extendí un ejemplar de *Ana Karenina*. El sujeto garabateó algo, supongo que su nombre, al final del capítulo XXIII. Tomé la maleta y lo conduje al cuarto de las escobas que hay en el segundo piso, el cual resultó ser una habitación de hotel discretamente amueblada. En ese momento las imágenes comenzaron a perder consistencia y desperté.

Al día siguiente no resistí la tentación de buscar la novela de Tolstói en el librero. No había nada extraño al final del capítulo XXIII.

Durante varias noches el sueño se repitió. Aunque no de manera idéntica, pues solían aparecer en él distintas personas: un viajante de comercio, una pareja de novios, una familia de inmigrantes polacos… Todos afirmaban estar de paso y me preguntaban si tenía habitaciones para esa noche. Yo respondía que sí y les hacía firmar *Ana Karenina*. Luego tomaba sus maletas y los conducía hasta el cuarto de las escobas transformado, gracias a las mutaciones oníricas, en una habitación de hotel.

Siempre era gente desconocida, pero una vez, al responder al sonido del llamador, me encontré con María Luisa, mi exesposa. Su rostro reflejaba azoro y confusión. Vestía ropa de verano, llevaba gafas para el sol y una bolsa amarilla le colgaba del hombro. Quise acercarme y abrazarla (nuestro divorcio había acabado en buenos términos), pero no lo hice. Consideré que resultaba poco profesional tomarme esas libertades con los huéspedes. Me limité a sonreírle con afecto y la acompañé al segundo piso. Tengo la impresión de que deseaba decirme algo, pero mi actitud distante pareció desalentarla.

Por la mañana, mientras tomaba el desayuno y evocaba los pormenores de aquel último encuentro, recibí una llamada telefónica. Era el hermano de María Luisa. Me informó que ella había muerto trágicamente el día anterior. Se dirigía a Playa del Carmen para pasar sus vacaciones cuando su auto se salió de la carretera en una curva.

Ese mismo día me deshice del llamador. Desde entonces, su «cling», «cling» no ha vuelto a irrumpir en mis sueños.

Isla secreta

A QUEL LLUVIOSO JUEVES AMELIA EXTRAJO TRES sobres del buzón y los llevó a la cocina junto con el periódico para abrirlos mientras tomaba el primer café del día. En uno encontró el inevitable estado de cuenta bancario, el cual le confirmó la insignificancia de sus ahorros. Otro contenía el formato para una tarjeta de crédito adicional que ella no había solicitado y que, en realidad, no tenía con quien compartir. En el tercero había un pasaje de avión. Amelia lo miró con perplejidad.

Supuso que se trataba de un error del cartero. Sin embargo, su nombre figuraba no sólo en el sobre, sino también en el boleto. Tras pensarlo un poco supuso que era un elaborado truco publicitario: valiéndose de una base de datos, la línea aérea (cuyo nombre le resultaba desconocido) enviaba anuncios personalizados que imitaban pasajes aéreos. Amelia miró el cartón alargado con fastidio y luego lo hizo a un lado. Las gotas de lluvia golpeaban los cristales. Tomó la taza, bebió un sorbo del oscuro líquido y se dispuso a leer el periódico. Entonces algo comenzó a emerger del pozo de su mente obligándola a interrumpir la lectura. Una palabra, un nombre leído de manera apresurada resonaba ahora en su cabeza. Volvió a tomar el pasaje y buscó el destino del supuesto vuelo: Usbania.

Sobre la pantalla de la conciencia, los recuerdos proyectaron un paisaje imaginado en la infancia: un territorio de sol, selva y mar que ella había edificado poco a poco. Estaba poblado de extrañas flores, insólitos animales y peces translúcidos que nadaban en una laguna interior. También había casas suspendidas en los árboles y nativos de piel cobriza y brillante –los usbanianos– que remontaban velozmente las olas de un mar color añil a bordo de ligeras canoas.

Vio a la niña que había sido repitiendo aquel nombre a todas horas como si fuera un mantra: Usbania, Usbania, Usbania... Esto solía despertar la curiosidad de los mayores, quienes la interrogaban sobre el significado de aquella palabra. Por toda respuesta y con la seguridad de quien anuncia un hecho irrefutable, Amelia mostraba la equis que había dibujado sobre el globo terráqueo y que señalaba un punto remoto del Pacífico.

En todo eso pensó aquella mañana ante la taza de café, poco antes de irse a trabajar. Recordó que su isla era para ella algo tan real que un día les pidió a sus padres que la llevaran. Ambos le dijeron, con una sonrisa benévola en los labios, que un viaje así era largo y estaba lleno de peligros. A cambio ofrecieron paseos por el campo, excursiones a la montaña y vacaciones en la playa. Amelia no insistió. Resguardó a Usbania de los otros y la convirtió en el refugio que le permitía alejarse de los peligros y acechanzas de la realidad. Habitó allí durante años hasta que el tránsito hacia la adolescencia sumergió su isla en el océano del olvido.

Amelia miró una y otra vez el nombre impreso en el boleto. No sabía qué pensar. Se le ocurrió que quizá era una broma. Pero ¿de quién? Sus padres habían muerto tiempo atrás y le pareció improbable que alguno de sus familiares recordara esa quimera. ¿Un antiguo compañero de escuela? ¿Una amiga de la infancia? Por más esfuerzos que hizo no logró pensar en alguien capaz de urdir algo así. Lo único que se le ocurrió fue llamar a la misteriosa línea aérea. El número aparecía impreso en el pasaje. Una grabación le dio la bienvenida y la invitó a esperar. Permaneció casi diez minutos con el auricular pegado a la oreja escuchando una exasperante musiquilla. Finalmente se dio por vencida y colgó. Lavó meticulosamente la taza de café antes de salir rumbo a su oficina.

Durante una semana intentó encontrar una explicación, pero mientras más pensaba en el asunto mayor era su desconcierto. Ello le impedía concentrarse en el trabajo. Siguió llamando al teléfono de la aerolínea sin obtener respuesta. Al buscar en Internet logró dar con la página de la enigmática empresa, pero el sitio no contenía ningún tipo de información: la pantalla mostraba un logotipo con forma de escudo alado que no llevaba a ningún otro lugar ni abría menú alguno.

De acuerdo con el boleto, su vuelo estaba programado para el próximo martes a las 8:45 de la noche. Debía estar dos horas antes en el aeropuerto. Aguijoneada por un anhelo inconfesable, impaciente por descifrar el enigma y mitigar la ansiedad que éste había sembrado en su interior, decidió ir al aeropuerto el día indicado. Tomó un taxi y en el camino se fue preparando para una decepción; se vio a sí misma recorriendo la terminal de un extremo a otro preguntando por una línea aérea inexistente. Tras pensarlo un poco se dijo que prefería eso a quedarse con la duda.

Pero resultó que la aerolínea era real. Un empleado joven y sonriente, situado tras un pequeño mostrador que ostentaba el escudo alado, selló el boleto de Amelia y, sin mostrar sorpresa por su falta de maletas, le entregó el pase de abordar. Si aquello era una broma, pensó, el asunto había llegado demasiado lejos. Aguardó en la sala de espera indicada sin saber si realmente se atrevería a continuar en caso de que se diera la oportunidad. No estaba preparada para un viaje; había ido al aeropuerto sólo por curiosidad y al día siguiente debía ir a la oficina. Tenía mucho trabajo atrasado. ¿Sería capaz de ausentarse así, sin previo aviso? ¿Qué diría su jefe? ¿Se atrevería a despedirla?

Entonces se dio cuenta de que le tenía sin cuidado si la despedían. No sin sorpresa, descubrió que su trabajo le importaba cada vez menos, que ya no le proporcionaba ninguna satisfacción; seguía en él por costumbre, por apatía y porque a sus cuarenta y cinco años se sentía incapaz de buscar otra cosa y comenzar una nueva vida. Esta revelación la dejó estupefacta.

Allí, en la sala de espera del aeropuerto, se percató también de que nada la ataba a la ciudad en la que vivía ni a la poca gente con la cual se relacionaba. Deseó que el viaje fuera real, que en verdad hubiera un avión esperándola para llevarla lejos de allí. Por ello, cuando anunciaron la salida del vuelo, se puso de pie y avanzó por el pasillo indicado. Caminaba con rapidez, temerosa de que en el último momento le faltara al valor, de que una reticencia súbita la hiciera desistir. Junto a ella iban otras personas, ninguna de las cuales parecía compartir su estado de ánimo.

Una vez en su asiento, respiró hondo y se puso cómoda. Comenzaba a experimentar una gran euforia a causa de la aventura que, suponía, estaba a punto de emprender.

El avión recorrió la pista y despegó con suavidad. El ambiente a bordo era relajado y cálido. La azafata le ofreció una almohada. Luego, sin perder la sonrisa, preguntó si deseaba beber algo. Ella pidió vino y le trajeron un tinto afrutado en una copa de cristal. Amelia lo paladeó con lentitud, disfrutando cada sorbo. Cuando su copa quedó vacía, la azafata regresó para servirle más.

A través de la ventanilla era posible apreciar un horizonte de nubes blanquísimas que se extendía hasta donde alcanzaba la vista. ¿Qué estoy haciendo?, se dijo. Poco a poco el vino hizo efecto y fue cayendo en un agradable sopor. Cerró los ojos y se quedó dormida, arrullada por el ronroneo producido por los motores de la aeronave. Soñó con las nubes que había estado observando minutos antes, las cuales tenían una consistencia algodonosa. Caminaba sobre ellas como si avanzara sobre un colchón de plumas. De pronto, las nubes cedieron bajo sus pies y sintió cómo se precipitaba hacia el suelo, hacia la ciudad de la que había querido escapar.

Despertó sobresaltada. Un sonido penetrante hería sus oídos. Luces rojas se encendían y apagaban en el avión. Todo trepidaba a su alrededor. A través de los altavoces una voz pidió calma a los pasajeros y ordenó que se abrocharan los cinturones de seguridad… La misma voz dijo algo sobre las mascarillas de oxígeno que Amelia no logró entender; se sentía aturdida y el pánico comenzó a invadirla… En ese momento se dio cuenta de que el avión perdía altura rápidamente.

La vibración de la nave era cada vez más violenta, la gente gritaba a su alrededor y luego vino un golpe sordo. Después todo quedó en silencio…

El despertar fue lento. Primero el sol le acarició el rostro. Después el sabor del agua salada la obligó a hacer un gesto involuntario de desagrado. Gradualmente fue recuperando la conciencia. Abrió los ojos, pero una intensa luz la obligó a cerrarlos de nuevo. Pasados varios segundos volvió a intentarlo. Ya no estaba en la aeronave; se mecía sobre el agua a bordo de un bote salvavidas anaranjado. ¿Cómo había llegado allí? ¿Dónde estaba el resto de los pasajeros? La cabeza le daba vueltas. Experimentaba una gran confusión pero, curiosamente, no sentía miedo.

Se incorporó a medias sobre la balsa y miró en torno suyo. A lo lejos, recortándose contra el horizonte, se destacaba el perfil de una isla. Al enfocar la vista pudo ver las siluetas de los cocoteros, la línea de la playa y el manchón verde de la selva. Supuso que habría allí extrañas plantas y animales fantásticos. También pudo ver a varios nativos de piel cobriza y brillante que se aproximaban a ella remontando las olas de un mar color añil a bordo de ligeras canoas.

II
Peripecias

Soñé que era una mariposa danzando en la penumbra.
Tokio Blues, HARUKI MURAKAMI

Mientras le leían las cartas, una mujer murió al ser gol-
peada en la cabeza por una loseta que se desprendió
de un edificio de cinco pisos, en la esquina de Cabañas
y Fray Servando, frente al Mercado de Sonora.
Reforma, sábado 20 de marzo de 2010

En el concierto

Me extrañó ver a tantos pelirrojos. Si hubieran sido trigueños o castaños claros, aquello no habría tenido nada de particular. Pero toparse con un grupo tan numeroso de pelirrojos en el mismo sitio resultaba raro.

Pensé que quizá eran miembros de algún club. Sin embargo, no parecían conocerse entre sí. Cada uno había llegado por su lado y todos –hombres y mujeres– se acomodaron en butacas distintas. Mi extrañeza aumentó tras echar una ojeada a la orquesta: también entre los músicos había una cantidad inusual de pelirrojos. No eran mayoría, pero su número resultaba superior a lo que cabría esperar.

Supuse entonces que se habían pintado el pelo como una forma de protesta. Quizá se manifestaban en contra del terrorismo internacional, la devastación de la selva amazónica o los bajos salarios de los empleados postales. Sin embargo, ninguno daba la impresión de llevar tinte. Todos eran pelirrojos auténticos, casi podía jurarlo; se les notaba en la forma de mirar, de hablar, de cruzar la pierna. Solamente los pelirrojos miran, hablan y cruzan la pierna de esa forma.

Examiné el programa esperando encontrar alguna pista, alguna señal que me ayudara a desentrañar el misterio. Pero, salvo el nombre de Rachmaninoff, que estaba mal escrito, no encontré nada fuera de lo común.

En ese momento entró el director y sonaron algunos aplausos. No necesito decir que su rebelde cabellera también era rojiza.

Esto es absurdo, dije a media voz a la persona sentada junto a mí: una muchacha pecosa de unos veinticinco años que, por cierto, no era pelirroja. La joven me miró con recelo; quizá creyó que intentaba flirtear con ella.

Bach y Händel me hicieron olvidar el asunto durante casi una hora. No obstante, en el intermedio eché una mirada a la concurrencia. Me dio la impresión de que el número de pelirrojos había aumentado de manera considerable, lo cual no parecía sorprender al resto de la gente. Una parte del público permaneció tranquilamente en sus asientos, mientras la otra salía con lentitud de la sala.

Me puse de pie para dirigirme al foyer. Allí divisé a un caballero calvo a quien había visto con anterioridad en otros conciertos. Lo saludé.

—Qué raro –comenté luego, tratando de que mi tono sonara casual–, nunca había visto a tantos pelirrojos bajo el mismo techo.

—No me había fijado –dijo, mientras miraba a su izquierda y derecha–. Es cierto, hay algunos.

Le hice ver que no eran sólo «algunos», sino más de los que normalmente se pueden encontrar en el mismo lugar. Él me miró sin comprender. Le expliqué que esa tonalidad de cabello era una característica poco frecuente y que iba en contra de la ley de las probabilidades toparse con una cantidad tan grande de pelirrojos en un espacio público.

—¿En serio? –preguntó con aire distraído. Luego, tras reflexionar un poco, me miró con recelo–. ¿Tiene usted algo en contra de ellos?

—Por supuesto que no. Lo que trato de decir es que... –comencé a explicar.

En ese momento la muchacha pecosa que se había sentado junto a mí pasó rápidamente y saludó al caballero. Él le devolvió el saludo y admiró su figura mientras se alejaba. Cuando la perdió de vista retomamos la conversación.

—Me estaba diciendo que no le gustan los pelirrojos.

—Jamás afirmé tal cosa. Usted me malinterpreta. Sólo dije que me parecía sumamente peculiar que...

—Yo soy calvo –me interrumpió–. ¿También le parecen peculiares los calvos?

Su réplica me molestó. También la forma en la que me observaba. Entonces recordé que mi interlocutor era un eminente psiquiatra y sospeché que esa mirada era la que empleaba para evaluar a sus pacientes.

Sintiéndome molesto y un tanto avergonzado, balbuceé una despedida y regresé a la sala.

Cuando estaba a punto de ocupar mi lugar, fui presa de un presentimiento. Corrí al baño y me situé ante el espejo. Desde el otro lado me miraba un sujeto con expresión atónita. Sus rasgos lucían idénticos a los míos salvo el cabello, que era una llamarada escarlata.

Se va el caimán

E L ANUNCIO NO ACLARABA LA NATURALEZA DEL empleo. Sólo decía que era para realizar «labores promocionales». No sabía nada sobre eso, pero fui porque mi situación no estaba para hacerse el difícil. Además no exigían experiencia ni buena presentación.

Resultó ser una tienda de bolsas y maletas de piel de cocodrilo. Esperaba encontrar el lugar lleno de solicitantes, pero yo era el único.

Me recibió un gordo que estaba parado junto a la caja registradora. Después de estrecharnos la mano me preguntó si sabía bailar. La pregunta me tomó desprevenido.

—Soy un excelente bailarín –mentí.

—Magnífico –dijo y me entregó el disfraz.

Al verlo traté de imaginar cómo luciría con aquello puesto.

—Cuando suene la música usted comienza a moverse así –explicó mientras agitaba con torpeza los brazos y las piernas. Finalizó con un par de giros.

Pregunté si tenía que hacerlo en la calle y el gordo asintió. Guardé silencio durante unos segundos para hacerle creer que lo estaba considerando.

Me probé el disfraz. No era nuevo: algunas de las escamas

se habían desprendido y la cola lucía numerosos remiendos. Además olía a sudor.

El gordo me ayudó con el *zipper*. Cuando estuve listo me examinó de pies a cabeza. Pareció quedar satisfecho. Fue hasta el mostrador y encendió un aparato reproductor del cual emergió música. Regresó y se quedó mirándome: comprendí que esperaba una demostración.

> *Se va el caimán, se va el caimán,*
> *se va para Barranquilla.*
> *Y dicen que lo vieron en Puerto Rico,*
> *comiendo pan con morcilla.*

Repetí los movimientos del gordo lo mejor que pude, incluyendo los giros. El disfraz me quedaba grande y mi ejecución resultó peor que la de él. Supuse que no me daría el empleo.

—¿Puede empezar hoy mismo? –preguntó.

Le dije que primero quería saber cuánto pagaba y él mencionó un sueldo miserable.

Estuve de acuerdo.

Seguí al gordo hasta la calle caminando con dificultad a causa del traje. Afuera se encontraban instaladas dos enormes bocinas. Me explicó que la música sonaría durante media hora y que después podría descansar diez minutos. Luego la música volvería a sonar otra media hora y así hasta las siete.

El gordo entró en la tienda y yo me quedé en la calle. Me sentía tonto vestido así. La melodía volvió a escucharse, ahora a través de las bocinas:

> *Se va el caimán, se va el caimán,*
> *se va para Barranquilla.*

Y dicen que lo vieron en Puerto Rico,
comiendo pan con morcilla.

La gente me miraba de reojo. Varios niños quisieron detenerse, pero sus padres los obligaron a seguir caminando. Más tarde llegaron varios adolescentes alcoholizados. Estuvieron armando alboroto. Se reían como idiotas mientras me imitaban. Salió el gordo y les dijo que llamaría a la policía si no se largaban.

Terminé la jornada agotado. El disfraz me hizo sudar copiosamente; estaba seguro de haber perdido varios kilos. Ese primer día caí rendido en la cama y me dormí de inmediato. El segundo fue aún peor: me dolían las articulaciones y a cada rato me faltaba el aire. Debo aclarar que ya no soy tan joven.

Fue hasta el tercer día cuando la vi. En un año había cambiado mucho: se tiñó el pelo de rubio y lucía más esbelta. Sin embargo, no me costó trabajo reconocerla. Iba del brazo de un tipo alto y flaco enfundado en un Armani. La sorpresa hizo que dejara de bailar. Me quedé inmóvil en medio de la banqueta, con las fauces abiertas y tambaleándome a causa de la fatiga. Al pasar, ella me lanzó una rápida mirada mientras esbozaba una sonrisa. Por un momento creí que me había reconocido.

Mientras la miraba alejarse, recordé cuántas veces los dos habíamos caminado así, felices y despreocupados, sintiendo que el futuro era nuestro. También yo solía tomarla del brazo cuando íbamos por la calle y le susurraba cosas tiernas al oído.

La vista se me nubló y un temblor incontrolable me recorrió el cuerpo. Sin saber muy bien por qué fui tras ellos.

Avancé con torpeza arrastrando la larga cola de reptil por la calle y sin prestar atención a la gente que me miraba con sorna ni a la música que seguía escuchándose a mis espaldas.

Se va el caimán, se va el caimán,
se va para Barranquilla.
Negrita tú ten cuidado
mira que el animal es malo y te puede devorar.

Los seguí durante un trecho hasta que no pude dar un paso más. Estaba exhausto. Alcé la vista para contemplar cómo se alejaban. A través de los agujeros que servían de ojos, los vi dar vuelta a la esquina. Sonreían. Luego escuché los gritos del gordo. Me llamaba desde la tienda ordenándome regresar. No fui capaz de moverme. Permanecí en la calle bajo el implacable sol de mayo, mirando al vacío y sintiendo cómo el suelo se hundía bajo mis pies. Lloré durante varios minutos sin poder contenerme mientras pensaba que mis lágrimas, aunque fueran de cocodrilo, no dejaban de ser sinceras.

Una confesión

L
O CIERTO ES QUE DURANTE MESES SOBREVIVÍ vendiendo los libros de don Artemio. Los sustraía de su biblioteca cada miércoles, cuando iba a visitarlo para discutir los avances de mi tesis. Ésta versaría sobre la obra de Bernardo Couto Castillo, un autor del siglo XIX fallecido a los veintiún años. En realidad la tesis fue siempre un proyecto difuso e improbable, una excusa para justificar mi indolencia de aquellos años. Con el tiempo encontré otras coartadas igualmente eficaces para seguir cultivando la abulia. Ahora soy un experto en ese terreno.

Don Artemio vivía en una casona de la colonia San Rafael. Cuando lo conocí ya era un hombre acabado y enfermo. Atrás había quedado el influyente intelectual y el distinguido académico. Tampoco sobrevivía el legendario Casanova cuyas conquistas eran tema de conversación en la cafetería y los pasillos de la facultad muchos años antes de que yo estudiara allí. El sujeto que me recibió una tarde de abril era un anciano de mirada medrosa y rostro ajado a quien las enfermedades mantenían en reclusión. Fue una profesora amiga suya (quizá una antigua amante) quien me aconsejó buscarlo. Dijo que era alguien muy sabio del que podría aprender mucho y que, sin duda, me ayudaría con mi tesis.

Abrió la puerta una mujer flaca y con expresión de hastío. Le dije a qué había venido y ella, sin decir nada, me condujo por un largo y penumbroso pasillo. La casa de techos altísimos y mobiliario vetusto había visto mejores épocas. Todo lucía descuidado y lleno de polvo. Una raída alfombra con arabescos y grecas amortiguaba el sonido de nuestros pasos. Varios cuadros al óleo colgaban de las paredes, mostrando paisajes y rostros de hombres y mujeres que compartían la misma expresión severa.

La biblioteca era una habitación enorme con libreros de piso a techo que ocupaban tres de las cuatro paredes. Los entrepaños estaban abarrotados. Había volúmenes lujosamente empastados, pero también ediciones en rústica con lomos descoloridos. Vi dos mesas largas sobre las cuales se alzaban altos rimeros de periódicos y revistas amarillentas. La pared restante la ocupaba un ventanal por el que se filtraba una luz grisácea y deprimente.

Don Artemio se encontraba sentado en un sillón. Aunque quizá la palabra correcta no sea «sentado»; más bien estaba hundido en aquella pieza de mobiliario, como si formara parte de ella. Miraba a través del ventanal hacia el jardín. No pareció advertir nuestra presencia hasta que la mujer se aproximó y le tocó el brazo. Eso lo hizo reaccionar. Me observó con interés y compuso una sonrisa temblorosa.

—Pase, joven. Lo estaba esperando. Me dijeron que vendría pero no estaba seguro si era hoy.

Con un ademán me invitó a tomar asiento en la butaca que estaba frente a la suya y en la cual también me hundí. La biblioteca olía mal: a encierro, a comida rancia, a papel viejo. Supuse que don Artemio pasaba allí gran parte de su tiempo.

—Así que está escribiendo una tesis sobre Couto. Hace mucho que no leo a los modernistas. Eran unos snobs. No todos, claro está, pero sí la mayoría. Lo mejor de ellos es su poesía, aunque tienen también algunas prosas notables. Yo me quedo con Nájera y con Díaz Mirón, y aún me gustan algunas cosas de Nervo. Pero le confieso que a Urbina ya no lo aguanto. Y López Velarde... bueno, en realidad el zacatecano es harina de otro costal; él está por encima de todos.

Don Artemio se puso a recitar un poema que, supuse, pertenecía a López Velarde. Luego siguió con su perorata mientras yo me limitaba a asentir con la cabeza y poner cara de interés.

—Y Couto... como muchos de su generación estaba obsesionado con la muerte. También era un cínico y un arrogante; un niño rico que prefirió la miseria y la bohemia. Murió a causa de sus propios excesos. Fíjese que hay algunos despistados que lo comparan con Rimbaud. Dicen que es el Rimbaud mexicano. ¡Qué tontería! Es cierto que sus cuentos causaron escándalo en su época, pero no hay que exagerar. ¿Sabe lo que dijo Tablada de él? Que era un pálido tripulante en el siniestro Buque Fantasma del Tedio. ¡Válgame Dios! Solamente a Tablada se le ocurriría una frase así.

Pasado un rato, mi anfitrión llamó a gritos a la mujer. Así supe que se llamaba Matilde. Después averigüé que era su hermana y que ella se ocupaba de cuidarlo. Al parecer nadie más vivía en esa casa.

Ella entró en la habitación y, sin decir palabra, se acercó a su hermano y lo ayudó a ponerse de pie. En ningún momento me miró; era como si yo no estuviera allí.

—Discúlpeme, joven, pero esta maldita próstata me obliga

a orinar a cada rato. Es tan molesto… –dijo el viejo maestro mientras se dirigía a la puerta con exasperante lentitud.

Estuvo ausente durante unos veinte minutos. Por un momento pensé que se había olvidado de mí. Cuando estaba a punto de perder la paciencia, la puerta se abrió. Don Artemio regresaba del brazo de su hermana. Trabajosamente volvió a sentarse. La excursión al baño lo había agotado; respiraba con dificultad y una fina capa de sudor cubría su frente.

—¿En qué estábamos? –preguntó cuando se hubo recuperado.

—Me hablaba de Couto –le recordé.

—Ah sí… No crea que menosprecio a Couto. De ninguna manera. Lo que sucede es que no llegó a madurar como creador. Murió demasiado pronto para juzgarlo, pero reconozco que tenía madera de artista. ¿Sabe que tengo por allí la primera edición de *Asfódelos*, el único libro que publicó? Un día le muestro la obra… Claro que primero tengo que encontrarla. Hay tanto desorden que ya no sé dónde están las cosas. Fíjese que un tiempo me dio por coleccionar libros raros, primeras ediciones y ejemplares autografiados. Sobre todo de literatura mexicana. Cada mes venía un librero a ofrecerme verdaderas maravillas. No sé dónde las conseguía. Al final se volvió mi amigo y me regalaba los libros.

A las seis de la tarde me despedí de don Artemio. Me hizo prometerle que volvería el siguiente miércoles. Había estado con él alrededor de dos horas.

—No vaya a faltar –dijo sin énfasis Matilde cuando me acompañó a la puerta–. Ahora ya casi nadie viene a verlo y usted le cayó bien.

Si regresé fue porque no tenía nada mejor que hacer y porque aún creía que la tesis era una posibilidad real y no un pretexto para no buscar empleo. Meses antes había tenido un disgusto con mi padre y en un arranque de estúpida rebeldía juvenil abandoné las comodidades de mi hogar clasemediero en la colonia Nápoles. «Voy a ser como Couto; viviré en un cuartucho miserable al lado de una prostituta», pensé al recordar una biografía del escritor que acababa de leer. En lugar de eso convencí a un compañero de la facultad para rentar un departamento cerca de la universidad. El problema era que no ganaba dinero suficiente ni para el alquiler. Las editoriales pagaban una miseria por los dictámenes y las correcciones de estilo. Y las reseñas que de vez en cuando lograba colocar en algún periódico o en una revista no hacían ninguna diferencia.

La segunda vez que estuve en casa de don Artemio fue muy parecida a la primera. Él discurrió a su antojo sobre autores y libros mientras yo tomaba notas. Un par de veces interrumpió su monólogo para llamar a Matilde, quien lo acompañó al baño. Antes de salir volvió a mencionar su próstata.

Mientras esperaba me acerqué a las mesas y a los libreros y estuve husmeando. Allí había de todo, desde deshojados breviarios del Fondo de Cultura Económica y amarillentas ediciones universitarias hasta ejemplares de la revista argentina *Sur*. En una de estas publicaciones había un cuento de Borges. En aquel momento supuse que, por contener un texto de ese autor, la revista podría valer algo. Sin embargo, no fue sino hasta la tercera o cuarta visita, al descubrir algunos de los títulos que albergaba aquella biblioteca, cuando tomé la decisión. Pero ni siquiera entonces actué de inmediato. Durante varios días me debatí entre mis escrúpulos y la necesidad económica. A manera de justificación me dije que, de todas maneras, don Artemio difícilmente volvería a revisar esas obras. Él mismo había confesado que ya casi no leía. Lo más probable era que, a su muerte, Matilde o algún otro pariente vendería por kilo la biblioteca.

Después de mucho darle vueltas decidí que sólo lo haría una vez y que no tomaría más de dos obras. Necesitaba dinero con urgencia. Estaba seguro de que pronto conseguiría empleo y que, por lo tanto, no tendría razón para repetir aquello.

Un bibliófilo habría reconocido de inmediato los ejemplares más valiosos. En mi caso el asunto no era tan sencillo. Mi condición de pasante de letras hispánicas con una cultura más bien mediana me obligó a guiarme por mi intuición.

Así, alrededor de un mes y medio después de mi primera visita a don Artemio y aprovechando una de sus frecuentes ausencias, me adentré en su biblioteca en cuanto él y su hermana abandonaron la habitación. Mi plan era buscar obras impresas en el siglo XIX o antes y de autores cuyo nombre me sonara. Nerviosamente tomaba los volúmenes y, tras echarles una mirada rápida, los volvía a colocar en su sitio. Finalmente di con dos que me parecieron valiosos: una edición de *La Calandria*, de Rafael Delgado, publicada en Orizaba en 1890, y un delgado libro de poemas titulado *Murmurios de la selva*, de 1887, firmado por Joaquín Arcadio Pagaza. Regresé al sillón y metí rápidamente el botín en mi mochila.

No fue sino hasta que salí de la casa de don Artemio cuando me percaté de que no tenía idea de cómo y a quién le vendería los libros. No conocía a ningún coleccionista y ofrecer aquella mercadería en la facultad suponía un riesgo; alguien podía atar cabos y descubrir su origen. Si en aquella época hubiera existido Internet, habría recurrido a e-bay, pero no era el caso.

Otra opción era poner un anuncio en el periódico. Sin embargo, aquellas obras me quemaban las manos; quería deshacerme de ellas cuanto antes. Así pues, mi única salida eran las librerías de ocasión. Sabía que en tales establecimientos obtendría muy poco; no obstante, al desconocer el valor exacto de los dos libros me resultaba imposible saber cuánto era lo justo. Para no complicarme la vida fijé un precio arbitrario: pediría el equivalente a la renta de un mes y un poco más para gastos diversos. Me prometí que si me ofrecían menos, restituiría los libros a la biblioteca de don Artemio; no valía la pena despojar al profesor por tan poco.

Ahora bien, la mayor parte de las librerías que acostumbraba visitar vendían ediciones baratas, best sellers y libros de texto. Esos lugares estaban descartados de antemano. Pero había una en la cual se exhibían volúmenes antiguos, algunos de ellos bastante caros. Entré y le dije a la chica que atendía el mostrador que deseaba hablar con el dueño. Del fondo del establecimiento emergió un vejete de pelo blanco y alborotado, anteojos de fondo de botella y barba de chivo.

Con ojo experto revisó las obras que puse ante él. Miró la portadilla de ambos volúmenes, el pie de imprenta y pasó las páginas durante varios minutos. Intenté leer en su rostro alguna expresión reveladora. Quería saber si aquello suscitaba algún interés particular. Sin embargo, el hombre permaneció impasible.

—¿Cuánto quiere por ellos?

El tono de su pregunta era absolutamente neutro. Ni el gesto ni los ojos indicaban emoción alguna. Era como un jugador de cartas que ocultara su juego. Y fue precisamente eso, la manifiesta falta de interés, lo que me llevó a recelar. Quizá me equivocaba, pero su indiferencia me pareció sospechosa. Llevado por un impulso decidí arriesgarme: mencioné una cifra tres veces superior a la que había considerado originalmente. Era un tiro a ciegas. El tipo esbozó una sonrisa irónica y me devolvió la mercancía.

—Es demasiado. No lo valen –dijo cortante.

Tomé los libros fingiendo decepción. Le di las gracias y di media vuelta. Mientras caminaba hacia la salida, sentí su mirada clavada en mi nuca. Quizá esperaba que me detuviera y regresara sobre mis pasos para negociar. Y la verdad estaba a punto de hacerlo cuando escuché su voz.

—Déjeme verlos otra vez. A lo mejor llegamos a un acuerdo.

Aunque su tono seguía siendo neutro, supe que el tipo quería los libros. Tras un breve regateo acepté una cantidad menor, la cual de todas maneras era más elevada de lo que yo había planeado obtener.

No necesito decir que la escena con el librero se repitió en muchas ocasiones. De hecho, visitaba su negocio cada semana. El empleo que supuestamente resolvería mi situación económica tardaba en llegar, lo cual me llevó a recurrir a la biblioteca de don Artemio con frecuencia. Lleno de remordimientos, salía de la casona de la colonia San Rafael diciéndome que ésa era la última vez, que no volvería a hacerlo. Pero las semanas pasaron sin que la situación cambiara.

Mi relación con el vendedor de libros nunca fue amistosa. Parecía molestarle mi presencia. Intercambiábamos un par de frases convencionales y tras una rápida negociación, salía de allí como alma que lleva el diablo y sin molestarme en contar el dinero. No llevo registro de las obras que coloqué sobre el mostrador de su negocio. Recuerdo primeras ediciones de Payno, de Federico Gamboa, de Guillermo Prieto, incluso de Fernández de Lizardi.

A diferencia del comerciante de libros, a don Artemio le tomé cierto afecto. Lo digo sin ironía. En verdad me gustaba escucharlo. Disfrutaba oyéndolo discurrir durante horas en torno a literatura e historia. Gracias a él aprendí algunas cosas sobre libros y autores. Y supongo que él me apreciaba. Siempre era recibido con entusiasmo y preguntaba cosas sobre mí, sobre mi familia y sobre la inexistente tesis (la cual, por fortuna, nunca pidió leer). En cierta ocasión un contratiempo impidió que pudiera asistir a nuestra cita semanal. Esto me hizo acreedor a un sinfín de reproches el miércoles siguiente, no solamente de parte suya, sino incluso de la poco expresiva Matilde. No me perdonaban mi ausencia.

—Es una descortesía, joven. Aquí nunca le hemos hecho mala cara –me dijo el viejo.

Tales manifestaciones de aprecio me hicieron sentir culpable y, a la larga, me llevaron a dejar de sustraer obras de su biblioteca, a pesar de que mi situación económica seguía siendo la misma. Al decir esto no busco la simpatía del lector o atenuar mi responsabilidad; me limito a señalar un hecho.

La muerte de don Artemio no me sorprendió en lo absoluto. Su estado físico se había ido deteriorando poco a poco junto con su ánimo. Las últimas veces que lo visité se mostraba distraído y su conversación se volvió cada vez más dispersa. Aun así, parecía alegrarse con mi presencia; al verme se animaba.

La agencia funeraria en la cual lo velaron era modesta y asistieron pocas personas, entre ellas algunos profesores de la facultad a quienes conocía de vista. Se decía que el rector haría su aparición en cualquier momento, pero ello no ocurrió. Mentiría si dijera que el fallecimiento del viejo me produjo un profundo dolor o que fui presa de un terrible cargo de conciencia. Pero también faltaría a la verdad si afirmara que no me sentí afectado. Extrañaría su plática y las horas pasadas en su compañía. Como ya dije, llegué a sentir afecto por él.

Tras darle el pésame a Matilde, quien agradeció mis palabras con frialdad, ocupé una de las sillas plegables del fondo. El féretro estaba en el centro y se encontraba rodeado por un par de arreglos florales. El salón olía a nardo y a desinfectante para pisos. La gente que llegaba hacía lo mismo que yo: presentaba sus respetos a la hermana y luego iba a sentarse. Algunos conversaban en voz baja, pero la mayoría se quedaba en silencio.

Entonces entró él. Su pelo blanco y alborotado, los anteojos de fondo de botella y barba de chivo hicieron que todos voltearan a verlo. Recorrió la habitación con la mirada hasta descubrir a Matilde. Ella se puso de pie para recibirlo. Se abrazaron y luego tomaron asiento juntos. En ese momento recordé lo que don Artemio me había dicho la primera vez que estuve en su casa: algo sobre un comerciante de libros que se hizo su amigo y que terminó regalándole ejemplares raros y ediciones autografiadas.

Me puse de pie con discreción. Salí al pasillo y comencé a bajar la escalera que llevaba a la calle.

—Espere un momento –dijo una voz a mis espaldas.

Me volví a media escalera. El librero bajó lentamente y me extendió un sobre amarillo.

—Es para usted. Don Artemio me encargó que se lo diera.

Tomé el sobre sin saber qué hacer o qué decir. Estaba confundido y al mismo tiempo sorprendido por el encuentro. Miré al hombre con incomodidad. Él pareció adivinar la pregunta que comenzaba a formarse en mi cabeza.

—El profesor era viejo y estaba enfermo, pero no era ningún idiota… Ni yo tampoco –me espetó–. ¿Acaso cree que no me iba a dar cuenta de dónde provenían los libros? No hay mucha gente con una colección como ésa. Pero cuando fui a ver a don Artemio para decirle que alguien estaba vendiendo volúmenes de su biblioteca no pareció sorprendido ni molesto. Me pidió que no dijera nada. A partir de entonces, cada vez que usted traía más obras yo se las pagaba con dinero de él.

El librero me miró para calibrar el efecto que sus palabras habían producido en mí. Después dio media vuelta y regresó a la capilla ardiente.

Me quedé unos segundos en la escalera tratando de digerir aquello. Luego me fui.

Afuera los autos circulaban a vuelta de rueda por la atestada avenida y fatigados oficinistas corrían hacia la estación del metro más próxima. Estaba anocheciendo, quizá llovería. Al abrir el sobre amarillo encontré la primera edición de *Asfódelos*, del malogrado Bernardo Couto Castillo. Contemplé la cubierta durante un par de minutos, luego seguí a los oficinistas que descendían rumbo al metro.

El protagonista del cuento

E L AUTOR PIDE UNA DISCULPA. POR RAZONES QUE NO vienen al caso, el protagonista de este cuento –un joven de agradable presencia, aunque un tanto rústico, que labora en un taller mecánico y que en sus ratos libres corre a sentarse en la banca de un jardín público para ver pasar a la gente– no se presentará. Si fuera un personaje secundario, un mero figurante, el asunto no sería tan grave: podríamos arriesgarnos a contar la historia que con tanto esfuerzo hemos urdido, aun si ésta perdiera parte de su interés o sonara incongruente. Sin embargo, en este caso no hay nada que hacer. ¿Cómo narrar un cuento si falta uno de los elementos más importantes: el héroe? Aun si, como en este caso, hablamos de un joven rústico que trabaja en un taller mecánico y no de un rey o un gran aventurero. Así pues, ante tan lamentable inconveniente, el autor se ve obligado a dejar las cosas en este punto. Ello es triste porque, modestia aparte, el cuento prometía bastante. Y es que el joven rústico… Pero ¿para qué hablar de él si no aparecerá? Lo único que tenemos es la banca de un jardín público donde él estaría sentado, un radiante sol de verano y un conjunto de personajes secundarios que, precisamente por su condición de comparsas, no pueden sostener por sí solos la trama. No faltará quien, con tal de resolver el predicamento, sugiera al autor convertir a uno de estos personajes secundarios en protagonista. Sin duda ello es posible, pero en tal caso estaríamos hablando de otro cuento. Además, la naturaleza de un personaje secundario, su carácter accesorio y dependiente, hace difícil colocarlo en el centro del escenario así como así. Ello pocas veces da buenos resultados; constituye una decisión arbitraria que suele resultar desafortunada y es fácilmente advertida por los lectores más avezados. Tomemos el caso de la muchacha de pelo corto, hombros descubiertos y falda ligera que se aproxima a la banca. En el cuento, ella pasaría junto al joven y le sonreiría fugazmente llenándolo de estupefacción. La chica podría desempeñar un papel relevante, pero sólo como disparador de la historia: su grácil figura, su sonrisa y el vuelo de la falda están destinados a dejar anonadado al protagonista. Nada más importa de ella, es una presencia sin pasado ni futuro cuya función se limita a imprimir en el corazón del héroe una huella imborrable. Porque, a partir de ese día, el joven será incapaz de olvidarla; soñaría con ella noche tras noche y, al salir del trabajo, iría al jardín público con la esperanza de verla pasar otra vez para abordarla y declararle su amor. Un amor tan elemental como él mismo, pero indudablemente sincero que lo llevaría a hablar de ella a sus compañeros en el taller, fingiendo que es su novia. El amor lo volvería elocuente, su descripción de la muchacha y los detalles de su supuesta personalidad terminarán por seducir a los otros mecánicos, quienes la amarán también y terminarán envidiando un poco al joven. Algunos quizá llegarían a sospechar que se trata de una impostura, pero preferirán callar antes de estropear aquella fantasía que ilumina el ambiente gris y sucio del taller. Nada de lo anterior ocurrirá, por supuesto. De hecho, la chica se encuentra ya a pocos metros del lugar donde tendría que suceder la escena arriba mencionada. Su paso se ha hecho más lento. Se detiene en este instante. Por alguna razón que no comprende, la banca vacía le intriga. Es una banca cualquiera, pero a ella le produce una gran extrañeza, un inexplicable desconcierto. Intuye que hay allí un misterio que, sin embargo, su breve existencia de personaje secundario nunca logrará desentrañar. Y además está la sonrisa. Esa sonrisa entre traviesa y angelical que, sin motivo alguno, intenta dibujarse en sus labios. ¿Y ahora qué hacer con ella? Finalmente se encoge de hombros y reemprende la marcha bajo el sol de verano hasta perderse para siempre en un recodo del camino.

Dedos

Los dedos que uso para tocar el piano son alargados y elegantes. Los guardo en un estuche especial: una cajita de madera de cedro cuyo interior está forrado de terciopelo rojo. Allí descansan, bien alineados y con las uñas manicuradas. Antes de cada concierto, en la soledad del camerino, desprendo los regordetes y poco talentosos dedos de mi mano izquierda y los sustituyo por los de la cajita. Luego hago lo mismo con los de la mano derecha. Es una operación sencilla, pero requiere paciencia y cuidado. En cierta ocasión, la premura hizo que colocara el cordial en el lugar del índice y viceversa. Al principio no me percaté del error. Salí al escenario y, cuando apoyé los dedos sobre el teclado, comencé a sospechar que algo andaba mal. Pero no fue sino hasta que ataqué los primeros acordes cuando advertí la pifia. Otra noche, no fijé bien el meñique izquierdo y, durante un *allegro molto agitato*, la falange se desprendió y cayó al suelo. Estuvo retorciéndose durante minutos, como un gusano, sin que yo atinara a recogerlo.

La visita

La nube niña
se pasea por el cielo
callada y tímida.

Juan Cervera

Hundo la nariz en el libro fingiendo interés. Tengo la esperanza de que si la ignoro, se irá a jugar a otro lado y podré leer en paz. Pero han pasado ya varios minutos e Isabel no parece dispuesta a ceder. Sorbe ruidosamente por la nariz un par de veces, se rasca la cabeza, cambia el peso del cuerpo de un pie a otro haciendo rechinar el gastado piso de madera.

Al ver que no reacciono se pasea por la habitación examinando los objetos que encuentra a su paso. Por el rabillo del ojo la veo ante la mesita rinconera donde está mi colección de pisapapeles de cristal. Sabe que no debe jugar con ellos. Si se lo recuerdo me responderá que sólo los estaba mirando, que no tenía intención de tocar ninguno. De esta forma habrá logrado su cometido: ganar mi atención. Pero ese día no pienso caer en la trampa; me arrellano en el asiento y trato de concentrarme en la lectura.

—¿De qué es tu libro? –pregunta finalmente, produciéndome un sobresalto pues no la escuché acercarse. Me doy por vencido y lanzo un suspiro de resignación. Comienza a oscurecer. Extiendo el brazo para encender la pequeña lámpara que está a mi lado.

—¿De qué es? –insiste.

Incapaz de seguir ignorándola cierro el aburrido manual de meteorología que me han encargado traducir.

—Es un libro de cuentos –miento. Los ojos de Isabel se iluminan.

—Léemelo –suplica y se sienta junto a mí.

Vuelvo a abrir el volumen y paso las páginas como si buscara una en particular. No me apresuro. Ella se revuelve inquieta en el sillón e intenta asomarse al libro. Me detengo ante una lámina que muestra diversas formaciones nubosas, cada una con su nombre y características: *stratus, nimbus, cirrus, cumulus*… Las observo con detenimiento mientras intento arrancarles alguna historia.

—Había una vez una nubecita… –comienzo sin saber muy bien cómo seguir. Tras pensar unos segundos continúo, haciendo como si leyera:

—Era una nube niña que se alejó de sus padres porque quería dar un paseo. Mientras cruzaba el cielo iba mirando hacia abajo llena de curiosidad. Vio bosques, montañas, campos de labranza, campesinos, vacas, carreteras y una vía larguísima por la que avanzaba un tren que a ella le pareció de juguete y que se detuvo en una pequeña estación.

Hago una pausa y miro a Isabel. Tras comprobar que he logrado atrapar su interés, me aclaro la garganta y sigo:

—Al pasar sobre un lago la nube niña se detuvo para mirarse en el reflejo del agua y peinar sus cabellos de algodón.

Luego siguió su camino hasta que se sintió perdida. Miró hacia todos lados buscando a sus padres, pero no los vio. Entonces tuvo miedo y comenzó a llorar. Lloró y lloró sobre un pobre espantapájaros que estaba debajo y que no llevaba sombrilla ni impermeable. El espantapájaros hubiera querido correr a refugiarse de la lluvia, pero no podía: su deber era quedarse allí, en medio del maizal, para evitar que las aves sinvergüenzas se comieran el maíz. Entonces el espantapájaros tuvo una idea para no seguir mojándose: cantó una hermosa canción destinada a consolar a la nube niña. Al escucharlo ella dejó de llorar.

Cierro el libro y guardo silencio. Isabel permanece a la expectativa. Pregunta si allí se acaba la historia. Respondo que sí, pero ella no queda conforme.

—¿Qué pasó luego? ¿Regresó con sus papás?

Le contesto que no lo sé; que el libro no lo dice. Ella luce decepcionada.

—¿Tú que piensas, Isabel? –la interrogo.

Ella no contesta. Mira hacia el frente con aire meditabundo. Observa las fotografías de la familia que cubren casi toda la pared del fondo. Permanecemos mucho rato así, en silencio, sentados uno al lado del otro ante aquellos rostros conocidos mientras las sombras van adueñándose de la habitación.

De pronto Isabel ya no se encuentra a mi lado. Partió como acostumbra: de manera súbita y sin despedirse. No es difícil saber dónde está. Más que verla, la adivino en la pared del fondo, mirándome desde la eternidad de sus siete años en el retrato de estudio que le hicieron hace un siglo.

EL ARTE DE PERDER EL PARAGUAS

A CONTRACORRIENTE DE LO QUE SUGIERE EL SENTIDO común, el propósito último de los paraguas no es protegernos de la lluvia o cubrirnos del sol. Su verdadera finalidad, aquella que define su naturaleza y les otorga razón de ser es la de quedar irremediablemente olvidados en el asiento del autobús, sobre la silla de un café o en casa de un amigo.

Un paraguas nunca es nuestro de manera definitiva. No es una propiedad como otras. Es una entidad libre que nos acompañará durante un tiempo y después seguirá su camino lejos de nosotros. Por ello, quien se afana en conservar el paraguas a toda costa o quien hace lo indecible para recuperarlo cuando lo deja olvidado en algún sitio, está alterando sin saberlo el orden natural de las cosas y, por lo tanto, crea una discontinuidad, una anomalía, capaz de atraer hacia sí los más funestos augurios.

Lamentar la pérdida de las llaves de casa, de unas gafas con montura de carey o del reloj de oro que nos heredó el tío Apolinar resulta comprensible. El caso de los paraguas es muy distinto, pues como ya dijimos su verdadera función se cumple al extraviarlos. Ello vale lo mismo para un fino modelo con mango de cedro rojo y tela de satén que para las efímeras sombrillas con varillaje de alambre *made in China.*

Pero así como perder los paraguas forma parte del orden natural de las cosas, encontrarlos en la banca de un parque público, en la butaca de un cine o en la sala de espera de un hospital constituye la consecuencia inevitable del mismo proceso. No hay que lamentar la suerte del dueño original ni emprender su búsqueda con el fin de devolvérselo. Tampoco debemos entregarlo en la oficina de objetos extraviados. Lo que corresponde en tales casos es apropiárnoslo sin reticencias; hacerlo nuestro con la plena conciencia de que, en realidad, nunca será verdaderamente de nosotros, pues también lo perderemos algún día (quizá en el mismo parque, cine u hospital donde lo hallamos).

La historia de los paraguas olvidados registra varios casos célebres. Uno de ellos es el de Robinson Crusoe, el conocido personaje literario creado por Daniel Defoe e inspirado en un náufrago real: el marinero Alexander Selkirk, quien entre 1704 y 1709 vivió en soledad en una isla del Pacífico, ubicada en el archipiélago de Juan Fernández.

Existen varios grabados famosos realizados para ilustrar las sucesivas ediciones de la novela que nos muestran a Robinson ataviado con una tosca indumentaria de pieles. En una mano sostiene un mosquete y en la otra un paraguas (más propiamente un parasol) de madera y piel de cabra, fabricado obviamente por él mismo. Aunque Defoe lo menciona sólo de pasada, parece ser que la emoción experimentada por Robinson el día de su rescate y la precipitación con la que Viernes y él abordaron el barco salvador hicieron que muchas de sus pertenencias quedaran olvidadas en la isla. Entre ellas el mencionado accesorio.

Otro caso figura en la *Encyclopædia Britannica* y es el de sir Jonas Hanway, célebre viajero y filántropo británico que en 1750 regresó a su país tras un largo periplo por Oriente. De aquellas tierras trajo el primer paraguas que se conoció en Inglaterra e intentó imponer su uso. Sin embargo, le costaría veinte años que la gente lo aceptara. Solía pasearse por las calles londinenses ostentando el curioso objeto, el cual no sólo provocaba la burla de sus conciudadanos, sino que también le ganó el mote de El Loco.

Gran parte de la oposición que enfrentó este hombre procedía de los cocheros, pues para ellos representaba una competencia desleal en tiempos de lluvia. Los conductores de los *hackney carriages*, antecedentes de los modernos taxis, hicieron todo lo posible por perjudicarlo, pues no les convenía que el novedoso artilugio se generalizara. En cierta ocasión, nuestro hombre regresaba a casa tras tomar el té con su amiga, la señora Constable. Una lluvia ligera caía sobre la ciudad así que decidió abrir su paraguas. A medio camino, sin embargo, una dolencia muscular crónica lo obligó a detenerse. No podía seguir a pie, así que abordó un vehículo de alquiler sin pensar en las consecuencias. Al reconocerlo, el cochero se dirigió en sentido opuesto a la dirección que le había dado el pasajero. Cuando éste se percató de lo que ocurría sacó la cabeza por la ventanilla para pedir explicaciones al conductor.

Ni sus protestas ni las imprecaciones que lanzó parecían hacer mella en el cochero, quien se limitó a restallar el látigo sobre los ijares del corcel para aumentar la velocidad. Creyendo ser víctima de un secuestro y cuando se encontraban ya a las afueras de la ciudad, Hanway abrió la portezuela en plena marcha y saltó. Cayó sobre el fango y, pese a su dolencia muscular, echó a correr. Cuando se sintió a salvo detuvo su marcha para recuperar el aliento. Fue entonces cuando se percató de que había dejado el paraguas en el coche.

Un caso más es el de *Cantando bajo la lluvia*, cinta dirigida por Stanley Donen y estrenada en 1952. En el número musical más célebre del filme el personaje encarnado por Gene Kelly celebra su amor por Kathy (interpretada por Debbie Reynolds) bailando y cantando en plena calle bajo los embates de una tormenta. El paraguas utilizado por Kelly en esa escena fue adquirido por el jefe del departamento de·utilería en los almacenes J. C. Penney y tuvo un costo de 7.25 dólares. Hace algunos años lo compró en una subasta por 9 mil dólares un millonario japonés que se ha especializado en coleccionar este tipo de objetos (es poseedor del sombrero que lució Bogart en *Tener y no tener* y de la legendaria boquilla usada por Audrey Hepburn en *Desayuno con diamantes*).

Sin embargo, corre el rumor de que este paraguas no es auténtico, que el verdadero se perdió en 1951. Al parecer, durante el último día de rodaje de *Cantando bajo la lluvia* uno de los ingenieros de sonido de la Metro-Goldwyn-Mayer de apellido Hudson lo tomó prestado, pues caía un fuerte aguacero en la calle, y se fue a festejar junto con algunos amigos a un bar irlandés. Al salir del lugar, comenzó a bailar en plena calle. Según la declaración de sus acompañantes, ejecutó a la perfección la coreografía realizada por Kelly en la película, la cual había aprendido de memoria. Sin embargo, la cantidad de alcohol ingerido y el piso mojado hicieron que Hudson no pudiera concluir el número: cayó al piso golpeándose la cabeza con el borde de la acera. De inmediato fue conducido a un hospital cercano, donde moriría de una contusión cerebral pocas horas después. El paraguas quedó abandonado en el lugar del accidente y no se volvió a saber más de él.

De muchas otras cosas podríamos hablar en relación con el tema que nos ocupa. Quedémonos con una nota rescatada recientemente de los periódicos. Al parecer, un afanador del Museo del Hermitage, en San Petersburgo, encontró un paraguas con forma de bastón en una de las salas. Estaba medio oculto tras una columna y aún goteaba agua de lluvia. A primera vista, el hecho no posee relevancia alguna; los miles de turistas que a diario visitan esta inmensa pinacoteca, situada a orillas del Neva, suelen olvidar allí toda clase de objetos.

Sin embargo, al observar con cuidado el hallazgo, los empleados del museo se percataron de que no era un paraguas común: parecía muy antiguo. En opinión de los especialistas que lo examinaron después, se trataba de una pieza fabricada a finales del siglo XIX. El mango de madera ostentaba el escudo de la familia Romanov. ¿Habrá pertenecido a los zares? ¿Cómo llegó hasta allí? ¿Qué misterio oculta? Quizá uno de los cuadros exhibidos en la sala donde se realizó el descubrimiento contenga la clave. Pero se necesitaría ir allí y buscar algún óleo en el cual figure un personaje con traje de calle al que parezca faltarle algo.

Conflagración

TRAS NUMEROSAS POSTERGACIONES Y CONTINUAS reticencias, las cuales no han hecho sino avivar el deseo hasta convertirlo en un ansia intolerable, los amantes se encuentran por fin en el lecho dejándose arrastrar por un anhelo largo tiempo contenido y tan ardiente, tan inflamado, que después de las primeras acometidas sus cuerpos producen una combustión que incendia las sábanas, la cama, la alfombra, la habitación, y luego se extiende por toda la casa, la calle, el barrio, el mundo… reduciéndolo todo a cenizas, en medio de las cuales, ajenos a la catástrofe que han provocado, los amantes continúan entregados a sus apasionadas urgencias.

Un sombrero

I

—Y luego, sin saber bien cómo, me encontré paseando en un parque. Era un jardín desconocido, con setos bonitos y flores a ambos lados de la vereda. Me sentía bien... tranquilo, sin preocupaciones. Entonces vi un sombrero. Estaba sobre una banca de hierro pintada de verde. Me acerqué para tomarlo. Era elegante y, aunque no parecía nuevo, lucía bien cuidado. ¿Qué cree que signifique?

—¿Usted qué piensa?

—Pues no tengo idea.

—¿Qué se le ocurre?

—No sé. Era un sombrero de fieltro café, con una cinta también café pero de un tono más claro. Un sombrero de otra época.

—¿De qué época?

—De antes. De cuando los hombres usaban siempre trajes de tres piezas y todos llevaban la cabeza cubierta en la calle. Ahora ya no es así. Hay más informalidad en el vestir. Me refiero a que, hace años, para ir a un buen restaurante o a un concierto, las personas se arreglaban. Llevaban ropa más formal. Eso ya no ocurre.

—¿Le parece mal?

—Ni bien ni mal. La verdad me da lo mismo.

—Hábleme más del sombrero.

—Parecía caro. Recuerdo que miré a mi alrededor esperando que apareciera el dueño, pero no vi a nadie. Entonces sentí la brisa y el cielo comenzó a nublarse. Estuve seguro de que llovería en cualquier momento. Pensé que si llovía el sombrero se iba a estropear...

—¿Qué hizo?

—Consideré que no era justo que un sombrero así se arruinara. Se me ocurrió llevármelo, pero primero me lo probé.

—¿Y?

—Me venía muy bien. Parecía hecho a la medida para mí.

—¿Como se sintió cuando se lo puso?

—Al principio bien. Pero luego me dio vergüenza.

—¿Vergüenza?

—No precisamente vergüenza. Digamos que comencé a experimentar cierta incomodidad. Como si estuviera haciendo algo impropio. El sombrero no era mío y, sin embargo, me lo acababa de poner y pensaba quedármelo. Además, supe que había alguien oculto por allí, observándome detrás de un árbol o entre los matorrales.

—¿Quién era?

—No sé. Alguien.

—¿Lo espiaban para ver si se robaba el sombrero?

—Quizá. A lo mejor habían puesto el sombrero en ese sitio como una trampa... o un experimento: dejar a la vista algo valioso para ver qué hacía la gente. Si se lo llevaba, lo dejaba allí o buscaba al dueño.

—¿Qué hizo usted?

—Nada. Bueno, me quedé mirando hacia los árboles para ver si descubría a la persona que me acechaba.

—¿Que lo observaba o que lo acechaba?

—¿Perdón?

—Dijo «acechar». Eso suena amenazante, como si hubiera algún peligro.

—Supongo que me producía inquietud sentir que había alguien escondido allí. Recuerdo que grité: «¡Hey, ya te vi!».

—¿Quién podría estar mirándolo?

—Ya le dije que no lo sé.

—Piense en alguna posibilidad.

—El dueño del sombrero, por ejemplo.

—¿Por qué el dueño del sombrero estaría oculto tras un árbol observando… o acechando?

—Pues, supongo que esperaba ver quién se llevaba su sombrero. Quizá quería asegurarse de que quedara en buenas manos… Como si aquella prenda fuera, digamos, un hijo al que ya no puede mantener o una mascota que creció demasiado para seguir conservándola.

—¿A usted le ocurrió eso alguna vez?

—¿Lo del hijo? No, para nada.

—¿Y lo de la mascota? ¿Cuando era niño sucedió algo relacionado con una mascota? ¿Un perro quizás?

—No que yo recuerde.

—¿Finalmente se llevó usted el sombrero?

—No. En ese momento sentí como si me disolviera, como si me diluyera poco a poco en el aire. Entonces desperté.

—¿Cuáles fueron sus sentimientos al despertar?

—Decepción, tristeza.

—¿Por qué?

—Bueno, aún estaba medio dormido y por alguna razón creí que realmente tenía el sombrero conmigo. Darme cuenta de que no era así me hizo sentir triste.

II

—¿Se acuerda del sombrero del que le hablé el mes pasado?

—¿El café con la cinta?

—Ese mismo. No he dejado de pensar en él.

—¿En el sombrero?

—Sí.

—¿Y a qué lo atribuye?

—Sabrá Dios. Seguramente simboliza algo, pero ignoro qué sea. Las interpretaciones se las dejo a usted. Lo que sí sé es que desde la última vez que nos vimos me entraron muchas ganas de usar un sombrero. Me dije que, como me estaba quedando calvo, no me vendría mal comprarme uno. Además me pareció que me vería mejor.

—¿Le molesta su aspecto?

—No dije eso. Sólo pensé que podría verme mejor.

—¿Cuál es el punto? ¿Adónde quiere llegar?

—Para allá voy. Pues resulta que antier fui al centro por motivos de trabajo. Al salir todavía era temprano, así que di un paseo por las calles. No tenía ningún plan, simplemente quería vagabundear por allí. Entonces, al pasar junto al escaparate, lo vi. Era el mismo: de fieltro, café y con una cinta también café pero de un tono más claro. Entré en la tienda y lo compré. No era barato. ¿Quiere verlo?

—¿Lo trajo consigo?

—Está en el perchero de la sala de espera, junto con mi gabardina.

—No lo vi. Seguramente estaba distraído.

—Voy por él.

—…

—Y bien, ¿qué opina?

—Es bonito. A ver, póngaselo.

—¿Cómo me veo?

—Le queda bastante bien. Diría yo que luce muy distinguido. ¿Qué sentimientos experimenta al usarlo? ¿Le da seguridad? ¿Siente que tiene más control sobre la realidad cuando lo trae puesto?

III

—¿Ahora no trajo el sombrero?

—Ya no lo tengo.

—¿Lo perdió?

—No es eso.

—Lo noto inquieto. ¿Ocurre algo? ¿Cómo van las cosas en casa?

—…

—Supongo que ha vuelto a reñir con su mujer…

—Las cosas van bien en casa. Es decir, mejor que en otras ocasiones.

—¿Entonces?

—…

—Si quiere quedarse callado, por mí no hay problema. O si prefiere podemos hablar de otra cosa. ¿Le interesa el futbol? ¿Vio el juego de anoche?

—Quiero hablar del sombrero...

—¿Qué hay con él?

—Ayer estuve en un parque que no conocía. Fui allí por casualidad; sólo para caminar y respirar aire puro. Era un parque con setos bonitos y flores a ambos lados de las veredas. Era idéntico al de mi sueño.

—Continúe.

—Allí estaba también la banca de hierro pintada de verde.

—Son muy comunes; las hay en todos los parques.

—Creo que no me estoy explicando: era la misma banca del mismo parque, ¿comprende?

—Ya veo.

—Va a pensar que estoy loco.

—¿Por qué lo dice? Le recuerdo que no estoy aquí para juzgarlo. Confíe en mí. Lo escucho.

—Pues como le digo estaba en el parque. Llevaba el sombrero y no sé por qué, quizá por lo insólito de la situación, se me ocurrió ponerlo sobre la banca y esconderme detrás de un árbol. Quería ver qué ocurría.

—¿Y qué ocurrió?

—Al poco rato llegó un tipo gordo. Casi tan gordo como yo. Tomó el sombrero y, tras examinarlo con cuidado, se lo puso. Luego miró para todos lados. Me escondí bien, pero creo que hice algún ruido, no lo sé, quizá pisé una rama. El caso es que el tipo miró hacia donde estaba yo. Seguro se dio cuenta de que alguien lo espiaba porque gritó: «¡Hey, ya te vi!».

—...

—Luego comencé a sentirme estúpido. Salí de mi escondite y fui hacia él. Pensaba disculparme y pedirle mi sombrero. Y entonces ocurrió... Mientras me acercaba el sujeto se fue disolviendo, era como si estuviera hecho de humo. Se diluyó poco a poco en el aire hasta desaparecer. Entonces todo me quedó claro: supe que el tipo se había despertado y que yo sólo era parte de su sueño.

DESENCUENTRO

YACEN EN LA CAMA, LADO A LADO, ABISMADOS EN UN dormir sin tiempo. Aunque el espacio entre los cuerpos es de apenas unos centímetros, la distancia que los separa se ha vuelto cada vez mayor. El eco de la reciente disputa se apagó hace horas, pero residuos amargos flotan aún en el aire nocturno o acechan entre los pliegues de las sábanas. Deseando una reconciliación, ella decide introducirse en el sueño de él. Así, sin alterar siquiera el acompasado ritmo de su respiración, sale de sí misma para dirigirse a su encuentro. Recorre calles desiertas, penetra en habitaciones vacías y en restaurantes sin clientes. Escribe recados, envía cartas, pone anuncios en los periódicos y manda correos electrónicos que nadie responde. Al final, exhausta, se sienta a esperar en la banca de un parque. No imagina que él tuvo la misma idea. También salió a buscarla y en ese preciso momento la espera en el parque de otro sueño deshabitado.

Profilaxis
(o el derrumbe del socialismo real)

«**S**I NO LA ESCRIBES TE LA ROBO», LE ADVERTÍ A Juan Valero. Él dijo que no era necesario, que me regalaba la historia a condición de no revelar el nombre de ella. «Nunca se sabe», agregó.

El termómetro marcaba treinta y dos grados y ambos compartíamos la exigua brisa producida por un traqueteante ventilador. Aún faltaba una eternidad para que finalizara el turno, y en aquella redacción de paredes sucias y mobiliario gris todo parecía ocurrir en cámara lenta.

«Tu nombre sí lo puedo mencionar, ¿verdad?» Él se encogió de hombros dando a entender que le daba igual y examinó desalentado la cajetilla de cigarrillos vacía.

La historia, palabras más, palabras menos, es la siguiente: Juan había sido invitado al cumpleaños de un antiguo compañero de la universidad; en sus ya lejanas mocedades ambos pertenecieron a un grupo estudiantil de filiación marxista y, más tarde, contribuyeron a fundar una revista de análisis político que terminó desapareciendo al tercer número a causa de los desacuerdos ideológicos surgidos en las reuniones editoriales. Su amigo trabajaba ahora dando clases de filosofía en una preparatoria para adolescentes acomodados; sin embargo, continuaba creyendo en la dictadura del proletariado y en el surgimiento del «hombre nuevo». Juan, en cambio, se hizo periodista y adoptó una posición más crítica que, sin embargo, no le impedía simpatizar con las causas de su amigo y de los demás compañeros de lucha, a quienes esperaba encontrar en la fiesta. Beberían mojitos y hablarían de los viejos tiempos, del 68, de los sueños revolucionarios y de aquellas reuniones en las que, con una mezcla de incredulidad y desconcierto, intentaban esclarecer las causas económicas y políticas que habían provocado el derrumbe del socialismo en Europa central y la desintegración de la Unión Soviética.

Pero en cuanto Juan llegó al lugar de la reunión –un piso de interés social– se dio cuenta de que allí no había espacio para la nostalgia. Me contó que el lugar estaba lleno de desconocidos, casi todos menores de veinte años. Después se enteró de que su amigo había invitado a sus alumnos, quienes a su vez invitaron a otras personas y así sucesivamente.

Disimulando su desilusión, se acercó al festejado, a quien no parecía importarle la presencia de tantos extraños. Le dio un abrazo y, durante varios minutos, trató de conversar con él. El volumen de la música y el barullo reinante lo obligaba a hablar a gritos. Finalmente se dio por vencido y fue a servirse algo de beber. Estuvo deambulando por el departamento hasta encontrar a algunas personas de su generación, quienes mostraban el mismo desamparo y la misma incomodidad que él. Miró el reloj. Como aún era temprano, consideró la posibilidad de irse a beber solo a algún bar de la zona. Fue en ese momento cuando la vio. No parecía ser una de las alumnas de su amigo. Tendría unos veintiséis o veintisiete años. Según él, era de una «belleza arrebatadora», lo cual no dice mucho sobre su aspecto y, en cambio, demuestra el gusto de Juan por las expresiones trilladas.

En beneficio de la historia diremos que era morena, esbelta y con unos ojos en cuyo interior –cito al propio Juan– «cabían todos los verdes de la selva chiapaneca». Ya sé que esta descripción también es poco precisa –además de cursi–, pero al menos explica por qué se sintió tan atraído por ella. También explica la razón por la cual se aproximó para hacerle plática. El bullicio los obligaba a acercar mucho sus rostros; solamente así podían conversar. Ella le dijo su nombre. También contó que era odontóloga recién titulada y que su prima la había convencido de venir con ella a la fiesta. Juan no supo quién era su prima y, en realidad, no le importó. Estaba deslumbrado. Le impresionaron sus ojos, su risa, la brevedad inverosímil de su cintura y el perfume que se desprendía de su pelo.

Ambos estuvieron bebiendo e intentaban hacerse entender en medio del ruido. En un momento dado, ella hizo un gesto de fastidio y propuso ir a un sitio más tranquilo. Él no supo cómo interpretar sus palabras. ¿Había una segunda intención o simplemente estaba harta del alboroto? Y es que, para entonces, el departamento de su amigo se había convertido en un pandemónium: los invitados hablaban a gritos y se empeñaban en hundir el piso a fuerza de saltar al ritmo de una música informe.

Juan no tenía automóvil, así que se le ocurrió pedirle el suyo a su amigo. En ese momento la muchacha sacó unas llaves de su bolso y se las entregó. «Será mejor que manejes tú. A mí se me pasaron las copas», dijo. Su auto resultó ser un flamante BMW. Le reveló que se lo había dado su papá como obsequio de graduación. Juan recordó entonces el portafolios que a él le regaló su padre al salir de la universidad, hace ya tantos años.

Antes de poner el vehículo en marcha, se armó de valor y besó el cuello de la muchacha sin encontrar resistencia. Salieron de la unidad habitacional y, mientras circulaban por una avenida arbolada, fue pensando a dónde llevarla. Su departamento estaba hecho un asco y un motel le pareció demasiado vulgar y precipitado. «Va a creer que soy un patán», consideró. La mejor opción era un bar pequeño y tranquilo donde conversar y conocerse mejor. Después, ya se vería...

Pero ella parecía tener otros planes, pues cuando estaba a punto de mencionar lo del bar, la muchacha comenzó a darle instrucciones. Le dijo que diera vuelta en tal calle, siguiera por tal otra y volviera a doblar en la de más allá. Todo esto mientras le hablaba de los novios que había tenido, las peleas con su prima y otras trivialidades a las que Juan simuló prestar atención.

Siguiendo las indicaciones de ella, llegaron ante lo que parecía ser un edificio de oficinas. Él se abstuvo de hacer preguntas. Se creía tocado por la fortuna y no quiso estropear el momento.

Un vigilante apostado a la entrada del edificio les franqueó el paso tras identificar a la muchacha. Entraron en el elevador y ella presionó el botón marcado con el número doce. Mientras subían, él la tomó por la cintura y comenzó a besarla. Interrumpió la maniobra al llegar a su destino. Avanzaron por un largo y bien iluminado pasillo con puertas a ambos lados. En cada una había una plaquita metálica con un nombre grabado. Aquel lugar no era, como Juan creyó al principio, un edificio de oficinas, sino de consultorios médicos de lujo. La joven lo invitó a pasar a uno de ellos y luego, cuando ambos estaban dentro, cerró la puerta con llave. «Para que no nos interrumpan», dijo con una sonrisita pícara. Juan no pudo evitar una punzada de recelo. En realidad no sabía nada de su acompañante. ¿Quién le aseguraba que no era una asesina en serie? Quizá formaba parte de una banda de secuestradores. Desechó esta última posibilidad, pues le pareció que nadie estaría interesado en raptar a un periodista mal pagado y exmilitante de izquierda cuyas únicas posesiones valiosas eran una edición autografiada de *Cien años de soledad* y un suéter de alpaca boliviana.

La sala de espera estaba decorada con excelente gusto y el consultorio propiamente dicho parecía contar con los más modernos aparatos y el más fino instrumental. No era necesario saber mucho de odontología para darse cuenta de que todo aquello había costado una fortuna. «Seguramente también fue un regalo de papi», pensó Juan.

Ella le mostró el lugar sin ocultar su orgullo. Lo condujo hasta el sillón donde atendía a los pacientes. Luego se acomodó a su lado y estuvo acariciándole el rostro y el bigote. Le pidió que abriera la boca y, con aire profesional, le examinó la dentadura, haciéndole notar el sarro acumulado en ella. «¿Sabías que fumar tanto es malísimo para los dientes? Podrías perderlos», le explicó y fue hasta un gabinete. Extrajo de su interior una charola de acero sobre la cual descansaban varios instrumentos de aspecto amenazador. Al verlos, Juan quiso incorporarse, pero ella lo detuvo: «Tranquilo. No tardaré mucho».

Según Juan, aquello fue un calvario. Con la ayuda de una especie de espátula, la joven le estuvo raspando los dientes durante casi una hora. Luego, con un punzón hurgó sin piedad en sus encías hasta hacerlas sangrar. Juan resistió la tortura suponiendo que, cuando ella terminara, se le entregaría sin reservas. Pero al concluir lo único que le entregó fue una caja con analgésicos. Aún más, la muchacha quiso regresar de inmediato a la fiesta; estaba preocupada por su prima. «Algunos de los invitados de tu amigo me inspiran muy poca confianza; tienen cara de degenerados.»

Molesto, adolorido y con la sensación de haber sido víctima de un engaño, la llevó de regreso. Al entrar al departamento, Juan iba cubriéndose la boca con un pañuelo teñido de rojo. Las encías no habían dejado de sangrar y se le estaban inflamando. Algunos invitados lo miraron alarmados y su amigo quiso saber quién lo había golpeado. Él le dijo que todo estaba bien, que no le ocurría nada. Incluso trató de esbozar una sonrisa, pero sólo consiguió producir una mueca. Casi deseó que la muchacha hubiera sido una asesina en serie o una secuestradora. Fue ella quien le explicó al amigo de Juan lo sucedido. Éste escuchó la historia haciendo un gran esfuerzo por no soltar la carcajada.

Juan permaneció en la fiesta el tiempo suficiente para no perder totalmente la dignidad. Aguantó con estoicismo el dolor en las encías y las miradas de burla que le lanzaba desde lejos su antiguo camarada. Luego, cuando nadie lo veía, se fue a casa sin despedirse. Durante el trayecto en metro tomó uno de los analgésicos que le había dado ella, el cual amortiguó el sufrimiento físico, pero no la humillación.

Ya en su departamento se dio un baño y se dispuso a dormir. Cuando comenzaba a conciliar el sueño, el timbre del teléfono lo regresó a la realidad. Era ella. Aún se encontraba en la fiesta. «Tu amigo me dio el número; espero que no te moleste.» Conmovido, Juan pensó que llamaba para saber sí aún tenía dolor. No era así. Quería las llaves del auto; él se había quedado con ellas por error. «¿Podrías traérmelas?», suplicó con voz aniñada. «Mi prima y yo estamos cansadas y queremos irnos a casa.»

Juan estuvo a punto de insultarla, pero al recordar su hermosa sonrisa, la brevedad inverosímil de su cintura y esos ojos en cuyo interior parecían concentrarse todos los verdes de la selva chiapaneca, prefirió callar y se limitó a colgar el teléfono.

Un minuto y doce segundos después el aparato volvió a sonar. «Creo que se cortó la llamada. Te estaba diciendo que necesito las llaves del auto. Tráelas, no seas malito… ¿sí? Porfa.»

En ese momento ya no hubo reparos o atenuantes. Ni la sonrisa de la joven, ni la brevedad de su cintura, ni sus ojos verdes lograron impedir que Juan se aclarara la garganta, respirara hondo, y en un arranque de amargura y resentimiento de clase, le mentara la madre a ella, a su prima, a su BMW, a los odontólogos recién titulados y al derrumbe del socialismo real, cuyas causas fueron de carácter económico y político, aunque también deben situarse, como han explicado algunos teóricos marxistas, dentro de una perspectiva global.

Conversión

RIMERO FUE EL MENDIGO CIEGO, LUEGO EL CANTANTE de boleros y más tarde el vendedor de devedés pirata. Ahora le toca el turno a un sujeto de barba entrecana y saco raído. Trae consigo una Biblia forrada con plástico transparente. Los pasajeros ignoramos su perorata: miramos hacia otro lado con fastidio, fingimos dormir o nos sumergimos en nuestros respectivos periódicos. Sin embargo, su voz de bajo profundo, la elocuencia de su oratoria y la elegancia casi escolástica de su argumentación consiguen atrapar nuestro interés. Los ateos, los apóstatas, los agnósticos, los escépticos, los fariseos y todos aquellos cuya fe se ha debilitado a causa del materialismo imperante experimentamos una conmoción. Es un sacudimiento que llega hasta lo más hondo y doblega nuestro descreimiento. Así, al llegar a la siguiente estación tenemos los ojos arrasados de lágrimas y el rostro iluminado por la inconfundible luz de la Verdad. Cuando las puertas se abren, el sujeto cierra su Biblia y abandona el vagón esbozando una sonrisa de satisfacción casi imperceptible. El siguiente en subir es otro vendedor de discos pirata.

OTOÑAL

AUNQUE YA SOY VIEJO, TODAVÍA DOY LARGOS PASEOS por el campo. Me pongo en marcha con los primeros resplandores del alba, cuando las hojas y las flores aún lucen la enjoyada transparencia del rocío. Salgo en compañía de Oleg, quien avanza con paso vivo delante de mí. Cuando el clima lo permite, llegamos hasta el puente viejo e incluso más allá. A medio camino, suelo detenerme junto a un añoso abeto. Mientras descanso, Oleg corretea alrededor con alegre inconsciencia. Va de aquí para allá, olisqueando cada brizna de hierba, cada piedra. Me maravilla su vitalidad y su alegría de vivir. Al verlo, pienso que quizá la felicidad consista precisamente en esa despreocupación, en esa irreflexiva entrega al presente y en ese derroche de energía. Pasado un rato se aburre y viene hasta donde estoy. «Arriba, muchacho», me ordena Oleg en tono cariñoso. Yo me incorporo trabajosamente, estiro las patas y muevo la cola —más por compromiso que por gusto— antes de proseguir el paseo.

III
Otros destinos

Detrás de todas las puertas está el mar.
SALVADOR ELIZONDO

Una nueva aventura le espera este fin de semana.
De una galleta de la suerte

AJEDREZ

ADEMÁS DE UN CRIADO FIEL, VIERNES RESULTÓ SER
también un compañero sincero y afectuoso que ali-
vió un poco la soledad de Robinson Crusoe e hizo
más llevadera su estancia en la isla.

Como era su deber, Robinson se dio a la tarea de educar
al infeliz a quien había rescatado de los caníbales cuando
éstos se encontraban a punto de devorarlo. Con ejemplar
paciencia le enseñó a hablar inglés, lo adiestró en las labores domésticas y del campo, le dio nociones de geografía y
lo introdujo en los misterios de la verdadera religión.

Viernes correspondió a este empeño. Fue un alumno apli-
cado que, con tal de complacer a su amo, aprendió a culti-
var la tierra, a hornear pan y a recitar de memoria los diez
mandamientos.

En cierta ocasión, a Robinson se le ocurrió fabricar un ajedrez y enseñarle a su criado los rudimentos del juego. Cortó
un árbol y utilizó su madera para tallar las treinta y dos piezas. Una vez terminadas las colocó en un tablero hecho del
mismo material. Se sentía satisfecho con su obra; sin embargo, no estaba seguro si Viernes comprendería las sutilezas
del juego, después de todo se trataba de un alma sencilla que
apenas comenzaba a abrir los ojos a la luz del conocimiento.

Para su sorpresa, el joven entendió no solamente el movimiento de las piezas, sino que fue capaz de asimilar poco a poco la lógica oculta detrás de cada una de ellas.

Sentados a la sombra de un frondoso árbol, ambos sostuvieron casi a diario varias partidas. Durante el desarrollo de cada encuentro, con su papagayo en el hombro y su pipa entre los dientes, Robinson explicaba a Viernes las diferentes aperturas, los gambitos, los sacrificios, la conveniencia del enroque y demás tácticas. Este último asentía con la cabeza sin dejar de mirar fijamente el tablero.

La sorpresa inicial de Robinson se convirtió en asombro al comprobar que Viernes poseía una habilidad natural para el ajedrez, la cual se iba desarrollando con cada partida. De hecho, cada día era más difícil ganarle. Al final, ocurrió lo inevitable: el aprendiz venció al maestro.

Viernes celebraba sus victorias con una explosión de alegría. Se ponía de pie y bailaba de manera frenética, recordando quizá las danzas tradicionales de su tribu de origen. «Yo ganar, yo ganar. Amo tonto, yo ganar», vociferaba en tono burlesco mientras hacía gestos de loco.

Aunque Robinson desaprobaba este tipo de manifestaciones, las cuales le parecían absolutamente impropias de un caballero, no censuraba a su sirviente, pues le resultaban conmovedoras tales muestras de júbilo infantil. Además, reconocía que cada cultura posee una manera propia de expresar sus sentimientos.

El tiempo pasó y, por fin, un barco arribó a la isla. El náufrago y su criado fueron rescatados.

A poco de levar anclas, y tras relatar parte de sus aventuras a los oficiales y a los marineros, Robinson ponderó sin reservas la pericia de Viernes para el ajedrez. Lo describió como un verdadero prodigio, como un genio innato muy superior a cualquier campeón conocido hasta entonces.

Tales afirmaciones provocaron risas entre sus escuchas, quienes no podían aceptar que un salvaje, un ser primitivo e inferior, dominara un juego tan elevado. «Es como pretender que un simio utilice una brújula o un sextante», afirmó en tono irónico uno de los miembros de la tripulación.

Molesto por la incredulidad que sus palabras habían provocado, Robinson lanzó un desafío: Viernes se enfrentaría simultáneamente con los tres mejores ajedrecistas que hubiera a bordo y los derrotaría. El anuncio fue recibido con nuevas carcajadas, pero la perspectiva de un poco de diversión (tan escasa durante las largas travesías), así como la posibilidad de que tal prodigio fuera cierto, animó a todos.

Los tableros fueron dispuestos sobre la cubierta y los tres mejores jugadores tomaron su lugar. Robinson se sentía tranquilo, pues conocía bien las aptitudes de su criado. Por su parte, Viernes estaba sorprendido y feliz; no terminaba de creer que toda aquella algarabía fuera por su causa.

Mientras los marineros bebían ron e intercambiaban apuestas (algunos comenzaron a considerar la posibilidad de que el salvaje pudiera ser tan bueno como afirmaba su amo), se realizó la partida simultánea, la cual resultó mucho menos reñida de lo que cabría esperar. El vencedor fue, naturalmente, Viernes, quien como era su costumbre se puso a bailar de alegría. Brincó, se contoneó y realizó varias piruetas mientras le espetaba a cada uno de los perdedores: «Yo ganar, yo ganar. Marinero tonto, yo ganar».

Como era de suponerse, tal actitud no agradó a los marineros, los cuales estaban dispuestos a aceptar que un salvaje le ganara al ajedrez a un súbdito británico, pero bajo ningún concepto podían tolerar esa clase de mofas. Tal insolencia no solamente los insultaba a ellos, sino a toda Inglaterra. ¿A dónde iría a parar el Imperio si se permitía a los aborígenes de las islas conducirse así?

Por esta causa, amo y sirviente fueron arrojados al mar por una enfurecida y alcoholizada turba y casi perecen ahogados. La oportuna aparición de una corriente que fluía en sentido contrario les permitió regresar a nado a la isla, donde esperaron durante años la llegada de otro barco.

A partir de entonces, Viernes tuvo estrictamente prohibido celebrar sus victorias, so pena de recibir una veintena de azotes. Además, cada vez que Robinson y Viernes volvían a jugar al ajedrez, lo hacían dentro de la choza, con la puerta y las ventanas bien cerradas pese a encontrarse completamente solos en su isla.

Jarrón oriental

En la vitrina del comedor descansa el jarrón oriental que heredé de mis amados padres. Es el único superviviente de un juego de cuatro piezas que, durante años, engalanó la casa familiar. Aunque no es valioso, lo conservo por motivos sentimentales y porque me agrada su forma esbelta y la calidad del vidriado. Tiene algunas desconchaduras en la base y un fragmento desprendido que una mano bien intencionada pero poco hábil pretendió reparar con pegamento de contacto. Esto último, lejos de restarle encanto, contribuye a otorgarle personalidad. Pero lo que más me gusta de esta pieza es su ornamentación. Muestra un paisaje montañoso con un bosquecillo y un lago. A la orilla del agua, sobre un muelle situado en primer plano, está un hombre en cuclillas. Sostiene una caña de pescar y lleva en la cabeza el característico sombrero en forma de cono de los chinos. Entre el lago y el bosque se alza una casita que el anónimo artesano representó con rápidas y hábiles pinceladas. Al observarla más de cerca, se da uno cuenta de que no es precisamente una casa, sino más bien una cabaña, una especie de choza. Y dado que no hay ninguna otra construcción a la vista, infiero que es el hogar del pescador. Allí debe vivir también su mujer: una de esas matronas orientales de mejillas arreboladas, pechos grandes y unos brazos gruesos capaces de levantar pesados sacos de arroz. Puedo imaginarla dentro de la cabaña preparando la comida ante un rústico fogón. Quizá hierve las verduras con las cuales acompañará el pescado que ha prometido traer su esposo. Aunque, si tomamos en cuenta que el jarrón tiene por lo menos cien años de antigüedad, lo más probable es que la mujer ya esté harta de esperar y no haya resistido la tentación de comerse las verduras. Primero un nabo o una zanahoria pequeña para que no se note, y luego la cazuela entera. Ello la ha obligado a hervir más verduras que, una y otra vez, termina comiéndose. Cada cierto tiempo se asoma por la ventana de la choza para ver si su marido atrapó al fin el dichoso pez. A estas alturas ya no le importa si le trae un lucio de cuatro kilos o un pececito dorado. Sólo quiere que su marido regrese. Extraña sus caricias, su conversación y las melodías que solía cantarle por las tardes y que a ella le recordaban la lejana provincia de Sichuán, donde nació. Además, tiene miedo de que siga pasando el tiempo, pues un día los dos serán demasiado viejos para tener hijos. Sin embargo, nada de esto parece importarle al pescador, quien permanece inmóvil, acuclillado sobre el muelle, esperando con empecinamiento a su presa. Por supuesto que él también se inquieta, pero sus preocupaciones son de otra índole. Teme que en el lago ya no queden más peces. De ser así, ha estado perdiendo el tiempo de manera lamentable. Para alejar esta idea de su mente, le gusta imaginar la cara de sorpresa que pondrá su mujer cuando vea el enorme pez que atrapará: una lubina tornasolada o una perca con escamas de plata. Mientras exhibe ante ella el imponente ejemplar, le relatará cómo se debatió y cómo tiraba del anzuelo queriendo liberarse. Lo que el pescador no puede –o no quiere– imaginar es que, un día, mientras él esté ausente, su mujer lo abandone. Nadie podría culparla si, cansada de tanto esperar, prefiriera buscarse otro marido, alguien que no esté todo el tiempo inmóvil a la orilla de un estúpido lago, sosteniendo una estúpida caña de pescar; alguien atento y amoroso que la acaricie, platique con ella e interprete antiguas canciones que la hagan recordar la lejana provincia de Sichuán. Sería un golpe terrible para el pobre pescador. Lo veo regresando una tarde a la cabaña, feliz y satisfecho con su pez al hombro, sin sospechar que su mujer se ha ido para siempre. Lo cierto, sin embargo, es que no existe razón para preocuparse: aunque ella decidiera abandonar a su marido, no hay ningún sitio a dónde ir, pues por más que camine y por mucho que intente alejarse de allí, tarde o temprano volverá a toparse con la cabaña y con el lago. Y es que, al rodear el perímetro del jarrón, terminaría regresando siempre al punto de partida.

Te acordarás de mí

Por consideración hacia el doctor Ibáñez, alguien propuso cambiar nuestras reuniones semanales a un café de Bucareli en lugar de continuar celebrándolas en el bar Negresco. Su salud era cada vez peor. Los litros de alcohol que había consumido durante su vida comenzaban a pasarle la factura y no queríamos colaborar en su deterioro físico.

Ibáñez no solamente rechazó la propuesta; también nos recordó que ya estaba bastante grandecito para que un grupo de gacetilleros, incapaces de escribir sus propios nombres sin faltas de ortografía, le anduvieran limitando la bebida. Su cirrosis no era de nuestra incumbencia.

Así pues, renunciamos a la idea de emigrar a un establecimiento menos nocivo y continuamos realizando nuestras tertulias de los viernes en el mismo lugar. Dichas reuniones no comenzaban a una hora fija, pues ello dependía del cierre de la edición, pero casi siempre se prolongaban hasta la madrugada.

El doctor Ibáñez no era médico ni nada parecido. Lo llamaban así a raíz de un incidente ocurrido varias décadas atrás. Un día, durante la presidencia de López Mateos, lo enviaron a cubrir un mitin de ferrocarrileros que fue disuelto de manera violenta por el ejército. Durante la trifulca hirieron gravemente a uno de los manifestantes en la pierna derecha. Al verlo, Ibáñez no lo pensó dos veces: se quitó el cinturón e improvisó allí mismo un torniquete. Aunque el gesto resultó totalmente inútil –el sujeto murió desangrado antes de llegar al hospital–, sus colegas del periódico le otorgaron el título honorario de doctor y le gastaron todo tipo de bromas pesadas. Nosotros lo conocimos mucho tiempo después, cuando ya era jefe de redacción y dirigía con mano de hierro a un pequeño ejército de reporteros y fotógrafos. A fuerza de regaños y gritos, logró enseñarnos los secretos del oficio, y muchos de nosotros lo apreciábamos pese a su carácter huraño e irascible.

En cierta ocasión, tres meses antes de su muerte, mientras bebíamos ron blanco con refresco de toronja en el Negresco y comentábamos de manera desganada los sucesos de actualidad, le pedimos que relatara una anécdota de su época de reportero. Sus historias nos encantaban, aunque algunas parecían haber sido adornadas con el tiempo. Además del doctor, aquella vez nos encontrábamos presentes sólo tres personas: Rojas, de deportes; Martínez, de internacionales, y yo, que por entonces aún navegaba a la deriva entre una sección y otra.

—¿Quieren oír una historia? Pues entonces váyanse al cine. Allí las cuentan bien bonito –dijo Ibáñez mientras levantaba su vaso en dirección a la barra. El cantinero captó el mensaje y comenzó a prepararle la tercera de la noche.

—Pero las del cine no son tan divertidas como las suyas –lo aduló Rojas.

—Eso sí. Con decirles que cuando publique mis memorias se van a vender más que las de García Márquez.

—Eso, si algún día las escribe –dije.

—¿A poco creen que no puedo? Un día les voy a dar una sorpresa, bola de cabroncitos. Ya verán…

—¿Y entonces, doctor? –insistió Rojas.

—¿Entonces qué? –reviró él, mientras admiraba las piernas de la mesera que se acercaba hasta la mesa con su bebida. Se llamaba Zaide y era el amor imposible de Ibáñez.

—¿Va a contar o no?

—Uno, dos, tres, cuatro…

Ibáñez lanzó una carcajada y, cuando Zaide le puso la bebida enfrente, le beso la mano. Ella hizo un mohín de asco y se limpió la saliva del doctor en su delantal. Ese numerito lo representaban ambos cada viernes.

Permanecimos en silencio varios minutos mirando nuestros vasos. La reticencia de Ibáñez nos había desalentado. La reunión parecía a punto de naufragar y el tedio comenzó a invadirnos. El bar tenía pocos clientes a esa hora y las meseras, reunidas junto a la barra, lanzaban bostezos y se limaban las uñas.

—El museo de cera… –empezó a decir Ibáñez.

Todos lo miramos. Esa frase, lanzada al aire, contenía la promesa de la anécdota solicitada.

—No me refiero al actual, el de la colonia Juárez –aclaró–, sino a otro que ya no existe. Uno más pequeño y pobretón.

—Estaba en el Centro, ¿verdad? –completó Martínez, cuya manía era precisar datos, nombres y fechas.

—Exacto. En la calle de Argentina, muy cerca de la Casa Porrúa. ¿No lo conocieron? Era la visita obligada de los fuereños: todos iban a la Villa, al Blanquita, a la Alameda y a ese museo. El dueño era un sujeto de apellido Neira.

Nos arrellanamos en nuestros asientos dispuestos a escuchar. Los que estaban a punto de acabarse su bebida encargaron otra para estar bien provistos y no interrumpir la narración.

—Fue hace muchos años –comenzó Ibáñez–. Entonces los reporteros sí trabajábamos; no como ahora, que son todos una bola de zánganos –sin agraviar a los zánganos presentes–. Nos traían en friega todo el santo día. Además de la nota diaria, debíamos escribir un artículo largo para el sábado o el domingo: uno de esos reportajes de relleno que llevan muchas fotos.

Ibáñez entornó los ojos. Su rostro, estragado por la enfermedad y las preocupaciones, pareció rejuvenecer. Siempre ocurría así cuando evocaba sus tiempos de reportero. La nostalgia era, en su caso, un elixir más potente que el alcohol.

—En aquella época un reportero tenía que andar brincando de un lado a otro como chapulín. Una vez me tocó ir al frontón a investigar el asunto de las apuestas, luego escribí sobre la vida de los cirqueros. También entrevisté a los presos de Lecumberri y visité la casa del músico… ¿cuál era su nombre? El que compuso aquello de: «Sabrá Dios, si tú me quieres o me engañas, como no adivino seguiré pensando que me quieres solamente a mí…».

—Álvaro Carrillo –aclaró Martínez.

—Todo eso está muy bien, doctor –intervino Rojas–, pero ¿qué tiene que ver con lo del museo de cera?

—Para allá voy. No me apresure, colega, que la noche es larga. Pues resulta que un día el jefe de redacción me encargó un reportaje sobre ese museo. Ya saben, de su historia, de los personajes que había allí… Pero eso ya se había hecho antes y, la mera verdad, no me entusiasmaba. Entonces se me ocurrió escribir un artículo sobre cómo se hacen las figuras. Parecía un tema más interesante. Así pues, fui al museo con uno de los fotógrafos y me presenté con el dueño, el señor Neira, quien me mostró el lugar. Era feo, triste y olía a humedad –el museo, no el señor Neira–. Luego fuimos al taller, el cual resultó aún peor. Se entraba por una puerta medio escondida. Era un galerón donde trabajaba media docena de personas. Imagínense un cuarto largo, sin ventanas y lleno de tiliches. Al fotógrafo casi le da un ataque. Se me acercó disimuladamente para advertirme que las fotos iban a salir feísimas.

Mientras el doctor hablaba, Zaide y un par de meseras se acercaron para escuchar la historia. También ellas disfrutaban con las anécdotas del viejo periodista.

—El dueño me fue explicando cómo se hacían los monigotes. Fíjense y aprendan, pendejos: primero se modela la cabeza en barro. Cuando ya está terminada y el parecido es aceptable, se cubre con yeso para hacer un… ¿Cómo se llama?

—Molde –precisó Martínez.

—Eso, un molde. Pues se hace un molde y dentro se echa la cera caliente y se deja enfriar. Entonces, al quitar el yeso, queda la cabeza. Luego se pone maquillaje, unos ojos de vidrio y la peluca. Si lleva barba y bigote, pues se los ponen. Así también se hacen las manos y, cuando se necesitan, las piernas. Y fíjense qué curioso: yo pensaba que el resto del cuerpo también lo hacían de cera. El señor Neira me explicó que eso no era necesario, pues la mayor parte del muñeco no se ve ya que está cubierta por la ropa. El cuerpo de las figuras se hace, en realidad, de madera. Se usan, además, bolas de periódico o trapos para darle volumen. También los trajes se fabricaban en el taller y eran responsabilidad de dos costureras bastante rucas. Antes de retirarse, el dueño me dejó con uno de los empleados, un tal don Toño, quien siguió con las explicaciones y me presentó a los trabajadores. Pura gente arisca y medio amargada. Pero, como siempre ocurre, en cuanto supieron que éramos periodistas cambiaron de actitud. Todo eran sonrisas, atenciones y pase usted por aquí y tómese un cafecito y pregúnteme lo que quiera... Las mujeres comenzaron a emperifollarse para salir bien en las fotos. Hasta el chamaco de la limpieza quería foto.

Mientras Ibáñez hablaba, un borracho con pinta de burócrata se puso de pie y atravesó el salón rumbo a la rocola. Hurgaba en sus bolsillos en busca de una moneda. Zaide se dio cuenta a tiempo y le cerró el paso. El borracho se dejó conducir de regreso a su mesa sin protestar y todos le agradecimos a la mesera su gesto. Una canción ranchera a todo volumen hubiera sido un sacrilegio en ese momento.

El doctor no se había percatado del incidente y siguió hablando:

—Al terminar nuestro trabajo, el fotógrafo y yo les dimos las gracias a los trabajadores y enfilamos hacia la salida. Entonces vi, en el fondo del galerón, una puertita. Yo había creído que se trataba del baño, pero al acercarme vi un letrerito de cartón pegado. Decía: «Cementerio». Cuando le pregunté a don Toño qué era aquello, solamente sonrió y me invitó a entrar. Era un cuarto angosto y lleno de repisas hasta el techo. Cuando encendió la luz vi varias cabezas. Las habían colocado sin mucho orden sobre las repisas. Algunas estaban dañadas o con las pelucas torcidas y estropajosas. Una capa de polvo las cubría, pero el reflejo del foco en sus ojos de vidrio las hizo parecer vivas.

—Con eso se podría hacer una película de terror –comentó Rojas.

—Ya hay una –le informé–. Es sobre unos asesinatos en un museo de cera. ¿Cómo se llama, Martínez?

—Te voy a quedar mal, colega. Era con Vincent Price, de esto estoy seguro, pero no me acuerdo del título.

—Oiga, doctor –intervino Rojas–, no nos vaya a salir ahora con el cuento de que allí tenían la cabeza de Pancho Villa, la que se robaron de su tumba.

—La de Villa no, pero sí la de otros personajes famosos. O, más bien, que habían sido famosos pero ya no lo eran. Según parece, todos estuvieron expuestos alguna vez en el museo.

—Hasta que les llegó su día –dije.

—Como nos llegará a todos –apostilló Martínez filosóficamente.

—¿Y de quiénes eran esas cabezas, doctor? –quisimos saber.

—Ya no me acuerdo de todas... Me parece que estaba la de Francisco Sarabia, un aviador mexicano muy conocido hace tiempo. También vi la de Leopoldo *El Cuatezón* Beristáin, un cómico de carpa de cuando yo era niño, y la de Lupe Vélez, aquella actriz mexicana tan chula que se fue a Hollywood. La Hayek no le llega ni a los talones. Según tengo entendido se suicidó, ¿verdad, Martínez?

—Verdad, doctor. Ingirió varios frascos de barbitúricos y luego se tendió en una cama con dosel. Vestía sus mejores galas y estaba rodeada de flores. Así quería ser encontrada por los periodistas, como una diosa. Pero resultó que, al poco rato, las pastillas comenzaron a provocarle náuseas y corrió hasta el baño para vomitar. Descubrieron su cadáver al día siguiente con la cabeza dentro del excusado.

—¡Guácala, qué asco! —exclamó Zaide, quien por lo general se abstenía de intervenir en nuestras pláticas. La invitamos a sentarse con nosotros pero se negó. El dueño del Negresco había prohibido a las meseras, «por su propia seguridad», departir con la clientela.

—Llamé al fotógrafo para que sacara algunas placas, pues yo ya había decidido cambiar el tema del reportaje. Pensaba escribir sobre la gente célebre de antes y sobre cómo, con el tiempo, muchos perdieron su fama hasta acabar como sus cabezas: olvidados y en el abandono. Se me ocurrió un título bastante pegador: *El cementerio de las cabezas de cera.* ¿Qué les parece?

—¿Y lo escribió, doctor? —pregunté.

—Pues, claro. Apareció dos semanas después en las páginas centrales. En cambio, lo que nunca escribí fue lo otro, lo que sucedió a continuación —Ibáñez bajó la voz y adoptó un tono confidencial—: en la repisa más alta, separada de las demás, había una cabeza cubierta por una tela negra. Le pregunté a don Toño de quién era. Él puso cara de mustio y se quedó callado. Le pedí que me la mostrara pero no quiso. Dizque había mucho polvo allá arriba y que no tenía escalera de mano y no sé cuántas cosas más. A mí, todo eso me sonó a pretexto, pero no le di importancia. El fotógrafo y yo salimos del museo y, como ya nos estaban rugiendo las tripas, fuimos a una taquería del rumbo. Mientras estaba comiendo me puse a pensar en lo de la cabeza cubierta. Mi olfato periodístico —el cual nunca me ha fallado, a ustedes les consta— me indicaba que allí había gato encerrado. Imaginé todo tipo de cosas. Quizá un rostro deforme se ocultaba bajo esa tela, un ser tan grotesco —sin agraviar a los presentes—, que el dueño prefirió retirarlo para no ahuyentar al público.

También pensé que podría ser una cabeza auténtica, a lo mejor la víctima de un crimen: un enemigo del señor Neira, un tipo a quien él le debía dinero y que lo amenazaba con quitarle el negocio. Tal vez el dueño lo había asesinado y repartió sus miembros cortados en las figuras del museo. Su cabeza la puso en el cementerio, junto con las de cera.

Ibáñez se interrumpió para darle un prolongado sorbo a su bebida. Su silencio tenía mucho de teatral. En esos momentos no era un viejo enfermo y encorvado. Sus gestos habían adquirido la intensidad de otros tiempos. Se aclaró la garganta y continuó:

—Como ustedes comprenderán, no estaba dispuesto a quedarme con la curiosidad. Quería averiguar qué se escondía bajo la tela. Después de todo era yo un reportero...

—Y de los mejores —aseveró Rojas, y todos hicimos un gesto de asentimiento.

—Me despedí del fotógrafo y regresé al museo. Estuve un buen rato en la calle con la esperanza de que los empleados salieran a comer. Así lo hicieron. Me quedé escondido detrás de un poste mientras se alejaban y después fui hasta la taquilla para comprar un boleto, como si fuera un visitante más. Recorrí las salas sin molestarme siquiera en mirar otra vez las figuras. Por un momento pensé que estaba a punto de hacer un gran descubrimiento. En lugar de un mugre artículo de relleno, podría escribir un gran reportaje. Algo capaz de conmocionar a la sociedad. Llegué hasta la puerta del taller y entré. Esperaba verlo desierto, sin embargo, allí estaba el chamaco de la limpieza barriendo el piso. Al verme sonrió. Le dije que se me había olvidado mi bloc de notas en el cementerio. Crucé el taller y entré al cuartito. Encendí la luz y los ojos de cristal brillaron otra vez con el reflejo del foco. Esta vez las cabezas me parecieron más vivas que antes. Por un momento creí que estaban a punto de hablar, que se pondrían a pegar de gritos para que me fuera de allí y las dejara descansar en paz. Ya les conté que la cabeza cubierta se encontraba en la parte más alta y, como no había escalera, utilicé las repisas como escalones. Podía haberme caído, pero un reportero debe correr ciertos riesgos. Cuando al fin alcancé la última repisa extendí el brazo y retiré la tela que cubría la cabeza…

Ibáñez calló una vez más. Esas pausas lo llenaban de placer y le permitían medir el efecto causado por sus palabras.

—La verdad, me quedé muy decepcionado. No era la cabeza momificada de un cristiano, ni un horrible monstruo. Nada de eso. Era un rostro de cera común y corriente. Representaba a un tipo de facciones regulares, ni joven ni viejo, ni guapo ni feo. Además no tenía expresión; no reflejaba enojo, miedo o felicidad. Nada. Ningún estado de ánimo, sólo una mirada indiferente, vacía… Traté de identificarlo pero no pude. No era un actor. Tampoco un político ni un héroe de la patria. En ese momento creí que mi intuición me había traicionado. Salí del museo molesto y sintiéndome como un verdadero imbécil.

Como ya no tenía nada que hacer en el periódico, decidí irme a casa. Mientras esperaba el trolebús pensé en aquel rostro. Sus facciones no me decían gran cosa, sin embargo, se dibujaron con toda claridad en mi cabeza. Más tarde, mientras mi madre me servía la cena, seguí con lo mismo, y esa noche, acostado en mi cama, el semblante del desconocido apareció en mi mente con toda claridad, como si en ese momento lo estuviera viendo. Hasta aquí todo suena normal, ¿verdad? Pero fíjense que, por la mañana, mientras me dirigía al periódico, me di cuenta de que estaba pensando todavía en él. Me costó mucho trabajo concentrarme; en cuanto me descuidaba, las facciones del desconocido me volvían a la memoria. Me pregunté qué podía significar eso. ¿Por qué no podía deshacerme de su recuerdo? Así estuve durante todo ese día y también el siguiente. Era una sensación bien rara, se los juro. Hagan de cuenta una de esas cancioncitas pegajosas que ponen en el radio y que luego está uno silbando todo el día. ¿No les ha sucedido? O como esas frases publicitarias que oímos al pasar y luego repetimos y repetimos sin poder evitarlo. Algo así me ocurrió.

—¿Una idea recurrente? –aventuró Martínez.

—Más bien una imagen recurrente –lo corregí.

Ibáñez se encogió de hombros, como dejando que fuéramos nosotros los encargados de ofrecer una explicación. Bebió en silencio.

—¿Qué pasó después? –lo interrogamos.

—Pues que la sensación no desapareció. Pasaron los días y yo seguía en las mismas. Ese rostro se convirtió en una obsesión. Estaba allí todo el tiempo. Era necesario hacer un gran esfuerzo para concentrarme en algo distinto, lo cual era bastante estúpido, porque, como ya les dije, el monigote no era nada del otro mundo. Los rasgos no resultaban llamativos. Representaba al hombre más soso que pudiera uno imaginarse. Pero, aun así, se me figuró que ese rostro tenía algo raro: parecía ser el modelo de todos los demás. Y no sólo de los hombres: también de las mujeres, los viejos y los niños. No sé si me explico… Era como si las caras de la gente que veía en la calle fueran aproximaciones de ese monigote. Por ejemplo, fulano tenía la frente más amplia o más estrecha que la de él, la nariz de mengano era más larga o más chata, los ojos de perengano estaban más juntos o más separados... Todo tenía que ver con la cabeza del museo.

Como podrán imaginarse, llegó un momento en el que no pude más. Fui corriendo a ver al médico. Me recetó descanso y unos calmantes, pero de nada sirvió. Andaba cada vez más distraído y más desesperado. Entonces se me ocurrió regresar al museo y hablar con don Toño. Quizá él supiera algo. No tuve que darle muchas explicaciones. De inmediato comprendió lo que sucedía. Me recordó la primera vez que entré al cementerio: él había tratado de impedir que alcanzara la figura y levantara la tela. Le pregunté sobre la cabeza, quería saber a quién representaba. No lo sabía. Estaba allí desde antes de que él comenzara a trabajar en el lugar y nadie pudo darle información al respecto. El museo no llevaba registros y, por lo tanto, era imposible conocer su identidad o averiguar quién la hizo y cuándo. Era un cadáver anónimo en el cementerio de las cabezas de cera. No fue difícil adivinar que también don Toño la había visto. Y no sólo él. Según dijo, todos los que la contemplaban, aunque fuera sólo unos segundos, ya no podían quitársela de encima. Me aseguró que no se podía hacer nada, salvo esperar. Explicó que, con el paso del tiempo y un poco de suerte, la cara se iría borrando de la mente hasta desaparecer. Le pregunté cuánto tomaría eso. A él le había llevado varios meses, pero no aclaró cuántos.

—¿Y a usted, doctor, cuánto le tomó? –pregunté.

—Una eternidad. Casi me vuelvo loco.

—¿Y qué sucedió con la cabeza? –quise saber–. ¿No investigó su origen o la razón por la cual era tan inolvidable?

—Ni por un millón de pesos me le hubiera vuelto a acercar; ya había tenido suficiente. No quería volver a pasar por lo mismo. Supongo que aquella cabeza permaneció en el mismo lugar durante años. Quizá la derritieron o la tiraron a la basura cuando cerró el museo. O a lo mejor todavía existe y está guardada en alguna bodega o en el sótano de una casa, esperando a que alguien levante la tela y la mire...

Entonces a Rojas se le ocurrió una posibilidad que nos dejó a todos muy pensativos.

—¿Y el individuo que sirvió de modelo? ¿Habrá existido? Imagínense a una persona cualquiera, alguien aparentemente ordinario pero que, al verlo una vez, ya no pudieras olvidarlo. ¿Cómo habría sido su vida?

—Podría haberse dedicado a la política o al cine –especulé–. Se habría vuelto inmensamente popular.

—Lo dudo –discrepó Rojas–. Las personas se fastidiarían de su cara, tratarían de olvidarlo, de borrarlo de su mente a como diera lugar. No querrían verlo nunca más. Y él se vería obligado a ocultarse, a vivir lejos de las miradas de sus semejantes.

—Usaría una máscara, como el Fantasma de la Opera –conjeturó Martínez.

—Y viviría en el sótano del museo de cera –completé para no quedarme atrás.

—Tal vez el artista que hizo la cabeza se encontró con él alguna vez. Es posible que para liberarse de su recuerdo, lo modeló en cera –aventuró Rojas–. ¿Usted qué opina, doctor?

—Yo opino que ya se les subieron las copas, colegas –respondió el aludido y levantó su vaso en dirección al cantinero.

El borracho con pinta de burócrata se había vuelto a poner de pie y, por segunda vez, se lanzó en pos de la rocola. En esta ocasión avanzó con tanto sigilo que Zaide no pudo detenerlo a tiempo. Introdujo una moneda en la ranura y comenzaron a escucharse las voces y las guitarras de los Tres Diamantes interpretando el bolero «Sentencia»:

Te acordarás de mí
mientras yo viva,
te acordarás de mí
toda la vida...

Miriam

I

CONSTRUYO UNA CASA EN ESTA PÁGINA. ES UNA CASA solitaria, rodeada de campos de labranza. La quiero sólida y antigua. Luego de pensarlo un poco, la agrando hasta hacer de ella una mansión de dos plantas, con muros de piedra y un tejado de pizarra abuhardillado. Del lado derecho instalo la chimenea y del izquierdo, adosada al edificio principal, elevo una torrecita semicircular en cuyo punto más alto gira una veleta. Coloco cuatro columnas en la fachada para sostener los aleros y formar una galería a la que se accede subiendo cuatro escalones.

Es un día de julio. Una niña de alrededor de once años está ante la reja que he puesto al frente de la casa y que lleno de herrumbre para darle carácter. A pesar del calor viste abrigo y falda de lana. Sus zapatos son viejos y están cubiertos de polvo. Lleva una maletita de cuero en la mano izquierda y un sobre en la derecha. Mira ensimismada hacia la casa. Luego reacciona y la hago avanzar unos pasos hasta la reja de entrada, la cual empuja para entrar.

Después de recorrer el amplio jardín y subir los cuatro escalones, toca a la puerta. Abre una mujer gorda vestida de negro.

Su rostro refleja desconfianza. La pequeña se presenta y le entrega el sobre a la mujer. Ésta lo toma y le pide que espere.

Dejo a la niña en la galería, con la maletita de cuero a sus pies. Está pensando en el largo camino que ha recorrido. Observa sus zapatos llenos de polvo y se avergüenza de ellos. Dentro de unos minutos saldrá un hombre mayor, espigado y calvo, que mirará a la pequeña con perplejidad y, tras unos momentos de duda, la hará entrar en la casa.

II

PREFIERO QUE SEA UN DÍA NUBLADO. EL VIENTO AGITA LA cebada de los campos que circundan a la antigua casa de techo de pizarra que he construido. La niña está ante la herrumbrosa reja de la entrada. Viste un abriguito café y una falda azul a cuadros. Poco antes, un coche de alquiler tirado por un caballo la ha recogido en la estación del tren y la ha llevado hasta allí. «¿Estás segura de que éste es el lugar, pequeña?», pregunta el cochero. Ella no responde. Sigue ante la reja, mirando con intensidad hacia la casa. El cochero se encoge de hombros y chasquea el látigo. El caballo se pone en marcha levantando tras de sí una pequeña nube de polvo. Hago avanzar a la niña para que cruce el jardín, suba los cuatro escalones y llame a la puerta. No la recibe la mujer gorda de expresión desconfiada, sino una joven con uniforme de sirvienta, quien se sorprende al verla; no suelen tener muchos visitantes, y menos niñas que llegan solas.

La joven invita a la pequeña a entrar. Pero antes de que ponga un pie dentro de la casa, cuelgo retratos, espejos biselados y paisajes en las paredes. Elijo elegantes muebles de madera oscura para las habitaciones. También jarrones, porcelanas, floreros de cristal con geranios, candelabros y tapetes persas un tanto raídos. Lleno de libros finamente encuadernados una de las habitaciones. En esa habitación –la cual podría contener también un escritorio, un globo terráqueo y dos butacas de cuero– la espera un anciano espigado y calvo. La niña se presenta y le entrega el sobre que trae consigo.

El sobre contiene una carta dirigida a don Antonio de M***. En ella se le informa que su prima Helena ha muerto en fecha reciente, dejando en la orfandad a su hija Miriam. Como ésta no tiene otro familiar conocido, se le ruega a don Antonio que se haga cargo de la pequeña, la eduque como si fuera su hija y haga de ella una buena cristiana. La misiva está firmada por el párroco de un pueblo cuyo nombre reconoce don Antonio: es el lugar en el cual vivía su recién fallecida prima.

Así, gracias a esta carta, la situación queda explicada. Resulta claro quién es la niña y por qué está allí. También se aclara la identidad del hombre espigado y calvo.

III

Ahora hago que a Miriam le resulte difícil adaptarse a su nueva vida. Su tío no parece un hombre malo, pero se muestra huraño y poco comunicativo. Pasa el día anotando números en grandes libros de contabilidad o recorriendo a caballo los alrededores.

Tampoco el ama de llaves –una mujer gruesa de gesto desconfiado– es amable con ella. Las únicas personas con las cuales se comunica la pequeña y que parecen tenerle cierto afecto son los miembros de la servidumbre: el jardinero, la cocinera y la sirvienta joven que la recibió el primer día.

IV

Una vez instalada, la niña es puesta bajo la tutela del ama de llaves, quien comienza a enseñarle buenos modales y le da clases de piano, bordado y geografía.

En sus ratos libres, Miriam va a la cocina para conversar con la cocinera y con la sirvienta, quienes le cuentan chismes e historias de aparecidos. A veces sale con su tío a pasear a caballo.

Cuando está sola le encanta explorar la gran casa. Cada habitación contiene objetos fascinantes que le van revelando la historia de la gente que ha vivido allí a lo largo del tiempo.

Miriam goza de la más completa libertad para ir de un lado a otro. El único sitio que le está vedado es una habitación que se encuentra en el primer piso, al final de un largo pasillo. Ni siquiera debe acercarse a la puerta, la cual permanece siempre cerrada. «Qué hay allí», pregunta un día a la cocinera y a la sirvienta. Ninguna lo sabe. Don Antonio no permite que nadie entre, ni siquiera para hacer la limpieza, le explica la cocinera.

Al principio la prohibición no constituye un problema para Miriam; en la casa hay demasiadas habitaciones con cosas fascinantes por descubrir. Con este fin pongo al alcance de su mano cajitas de música, fotos, medallas, muñecas, un barco dentro de una botella, un reloj de cucú… Sin embargo, conforme pasa el tiempo los misterios se van agotando. El único enigma que permanece en pie es el de la habitación del fondo.

V

CONSTRUYO UNA CASA SÓLIDA Y ANTIGUA DE DOS PLANTAS, con tejado de pizarra y una torrecita semicircular en cuyo punto más alto gira una veleta. En algún sitio de la casa –en una vitrina o en el interior de una gaveta– coloco una azucarera de porcelana decorada con motivos florales y, dentro de ella, oculto una llave. Está allí para que Miriam la encuentre y sepa, con absoluta certidumbre, a qué cerradura pertenece.

Así, una noche la niña se dirige con sigilo hacia la habitación que está al final del pasillo. En la casa todo es silencio. A medio camino se detiene. Duda. Sin embargo, un poderoso impulso la obliga a continuar. Ese impulso es necesario e inapelable. Miriam debe contravenir las órdenes, transgredir la prohibición para que este relato pueda continuar.

Y mientras la llave gira en la cerradura me doy cuenta de que casi cualquier cosa podría ocurrir ahora. Las posibilidades se despliegan en el horizonte de lo imaginario y cada una supone su propia cadena de acontecimientos: un conjunto de causas y efectos que determinarán la suerte de Miriam.

VI

Así, POR EJEMPLO, LA NIÑA PUEDE ABRIR LA PUERTA DE LA habitación y quedarse inmóvil a causa de la sorpresa. No puede creer lo que está viendo: frente a ella se extiende un bosque. Por un momento supone que se trata de una alucinación. Abre y cierra los ojos varias veces. No hay duda, es un bosque de verdad, un bosque espeso con árboles de gruesos troncos que se alzan imponentes. También crecen allí diversos tipos de plantas y flores.

Empujada por la curiosidad da unos pasos. Siente la hierba bajo sus pies. El suave viento le acaricia el rostro trayendo hasta ella el inconfundible olor de la hierbabuena y un eco lejano de pájaros. Aguzando el oído, alcanza a percibir también el sonido del agua corriendo a lo lejos. El hecho de que allí sea de día le produce a la niña gran desconcierto.

Fascinada, se adentra en el bosque por el pequeño sendero que acaba de descubrir y que serpentea perdiéndose entre los árboles. En lo alto, las ramas se entrecruzan formando un techo de hojas que, en algunos puntos, permite ver un fragmento de cielo.

A pesar de encontrarse sola y en un lugar desconocido, la niña no experimenta temor. Avanza confiada por la vereda, ignorando a dónde la conducirá. Aunque el rumor de pájaros es ahora más intenso, no hay ningún ave a la vista.

Tras mucho caminar llega hasta un pequeño claro. Allí hay una fuente de piedra ornamentada con figuras alegóricas. Un chorro de agua surge de la boca de un tritón. Miriam se aproxima. El agua luce tan cristalina que no resiste la tentación. Ahueca las manos y las hunde en la fuente. Luego las acerca a su boca para beber. Jamás había probado algo tan refrescante. La niña toma otro sorbo. Advierte entonces que tiene mucha sed y continua bebiendo…

Por la mañana, la servidumbre se percata de que Miriam ha desaparecido e informa del hecho al ama de llaves. Los esfuerzos que se hacen para encontrarla resultan infructuosos. Nadie vuelve a saber de la pequeña. El único que sospecha lo ocurrido es el tío de la niña. Se siente responsable y lamenta no haber clausurado antes aquella maldita habitación. Sabe que fue un descuido imperdonable. «Debí haber tapiado la puerta hace tiempo», piensa mientras toma la cena con expresión lúgubre en el comedor de la casa. El comedor es grande y sobrio, aunque la decoración resulta algo anticuada. El papel tapiz de las paredes se encuentra estampado con motivos vegetales; hay plantas, flores, árboles, y si uno observa con atención, descubrirá la imagen de una niña que bebe con avidez agua de una fuente.

VII

PERO LA NIÑA PUEDE TAMBIÉN ABRIR LA PUERTA Y ENCONtrarse ante un salón de baile. Es un espacio amplio y lujoso. Del techo cuelga una araña de cristal y las paredes están cubiertas de espejos. También hay pesados cortinajes de terciopelo rojo y altos candelabros que sostienen velas encendidas.

En el lugar hay varias personas. Todas llevan disfraz. Miriam queda deslumbrada por sus vistosos atuendos. Se pueden ver polichinelas, colombinas y pantaleones. También hay damas versallescas de peluca empolvada y soldados napoleónicos con tricornio y galones dorados. Los hombres lucen blancas e inexpresivas caretas y las mujeres antifaces con lentejuelas.

Lánguidos acordes flotan en el aire. Algunas parejas bailan en el centro del salón. El resto de la gente observa desde las orillas. Sirvientes con librea permanecen inmóviles como estatuas sosteniendo charolas de plata. También ellos están enmascarados.

Miriam entra en la habitación, procurando pasar inadvertida. La precaución resulta inútil, pues nadie parece notar su presencia. Deambula libremente entre los invitados. Llega hasta donde está la pequeña orquesta. Los músicos ostentan caretas azules.

La luz que emana de la araña de cristal y de los candelabros crea una atmósfera extraña, llena de violentos claroscuros. Los espejos hacen que el lugar parezca más grande de lo que es y con más gente de la que hay en realidad.

Miriam pensaba que todas las fiestas eran alegres, que la gente conversaba y reía. Sin embargo, allí no ocurre lo mismo. Aquello no parece una verdadera celebración. Algunos invitados recorren el lugar con lentitud; otros se reúnen en corrillos, pero nadie habla. Hombres y mujeres sostienen copas vacías en la mano y se miran desde los agujeros de sus máscaras. Parecen a punto de decir algo, pero las palabras no acuden a sus labios. Los movimientos de los bailarines carecen de gracia, se desplazan por la pista de forma poco espontánea, adoptando posturas afectadas.

La niña se da cuenta entonces de que, además de ella, hay otra persona en el lugar que no lleva disfraz y que trae el rostro descubierto. Está de pie en un rincón observándolo todo con gesto satisfecho. Se trata de un hombre espigado y calvo que lleva puesto un traje común y corriente.

Miriam experimenta un sobresalto al reconocer a su tío. Teme que la encuentre allí, pues la orden de no entrar era terminante.

Aprovechando que su tío no ha notado su presencia, se dirige hacia la salida. Atraviesa el salón a todo correr, esquivando a los invitados y a los sirvientes con librea. Cuando está a punto de llegar, choca de frente contra una mujer vestida de madame Pompadour. Ambas caen al suelo. El hecho no provoca ninguna reacción entre los invitados, todos pasan indiferentes junto a ellas.

La niña no se ha hecho daño y se pone de pie de un salto; sin embargo, la mujer vestida de madame Pompadour permanece inmóvil en el piso, descoyuntada y rota. El cráneo, ya sin la peluca, se ha quebrado contra el piso como la cáscara de un huevo. A través del hueco de la cabeza Miriam alcanza a ver un complicado mecanismo compuesto por ruedecillas dentadas, pernos y diminutos resortes.

VIII

Otra posibilidad es que la niña abra la puerta de la habitación y se asome al interior. Está tan oscuro que no se atreve a entrar. Permanece en el umbral intentando distinguir algo en medio de aquella negrura. Pongo una palmatoria encendida en su mano derecha y, gracias a la luz que proyecta, se percata de que el cuarto se encuentra vacío. No hay allí ningún tipo de mobiliario. Tampoco ve tapetes, ni cuadros, ni los acostumbrados cacharros que, a falta de un lugar mejor, la gente suele arrumbar en las habitaciones menos frecuentadas de la casa. Este descubrimiento la decepciona, pero también le produce perplejidad. No comprende por qué su tío mantiene bajo llave una habitación vacía ni por qué le prohibió la entrada.

Pero el lugar no está completamente vacío. Hago un arreglo en este punto de la historia y pongo, en el centro del cuarto, una pequeña mesa de madera.

Así pues, la niña abre la puerta y se asoma al oscuro interior. La escasa luz de la palmatoria ilumina la mesa, así como el objeto que está sobre ella. Atraída por el objeto se acerca para observarlo mejor. Se trata de una casa, una pequeña y delicada casa de muñecas de dos plantas. Es perfecta. Las ventanitas, el tejado de pizarra abuhardillado, la chimenea, las columnas de la fachada y la torrecita semicircular. Miriam la reconoce de inmediato y queda sorprendida ante la exactitud de los detalles.

Supone que esa maqueta es obra de su tío y se pregunta cuánto tiempo le habrá tomado construirla. Le extraña que la tenga allí, oculta a los ojos de los demás. Ella se sentiría orgullosa si hubiera creado una cosa tan bella y querría que todos la vieran.

Durante largo rato, Miriam admira la casita. Al observarla con más cuidado, se da cuenta de que es demasiado perfecta. Nunca ha visto algo así. No sólo la fachada es exacta a la original. También el interior. Mirando a través de las diminutas ventanas, se pueden apreciar elegantes muebles de madera oscura, retratos, espejos biselados, jarrones, porcelanas, floreros de cristal con microscópicos geranios, candelabros y tapetes persas un tanto raídos. No falta nada.

Mientras observa, se le ocurre que si la casita que tiene ante ella es idéntica al modelo, seguramente contiene una habitación en el segundo piso en la cual hay una casita igual a ésa. «Me gustaría averiguarlo», se dice mientras se inclina para mirar más de cerca la maqueta.

Obedeciendo a las leyes de la fantasía, el deseo de Miriam se cumple. Su tamaño se reduce de pronto. Ahora está ante la fachada de la casita, la cual luce idéntica a la verdadera. De hecho, podría creerse que se trata de ella si no fuera porque, desde donde está, puede ver el borde de la mesa de madera sobre la que se encuentra. Si hubiera luz suficiente (la palmatoria que tenía en la mano también se redujo), quizá podría distinguir las paredes de la habitación que, desde su actual perspectiva, debe resultar inmensa.

Sin pensarlo dos veces, Miriam atraviesa el jardín, sube los cuatro escalones que conducen a la galería, entra en la casa, asciende por la escalera y llega al pasillo del segundo piso. En el extremo está la puerta, la cual intenta abrir. Como es de esperarse, está cerrada. Después de pensarlo un poco, baja al comedor y busca una azucarera de porcelana decorada con motivos florales. En el interior hay una llave.

Vuelve a subir e introduce la llave en la cerradura. Abre la puerta. Dentro de la habitación encuentra, tal como lo sospechaba, una reproducción en miniatura de la casa. Tras examinarla se le ocurre que también dentro de esta miniatura podría haber una habitación con otra casita en su interior. Desearía ser aún más pequeña para comprobarlo.

Su deseo se cumple y de esa forma la niña pasa de una casita a otra en una sucesión infinita.

RECUERDOS DE VIAJE

FUE ÉL QUIEN LO ENCONTRÓ. INTENTABA ABRIR UN frasco de aspirinas cuando el tapón de seguridad saltó por los aires y las pastillas cayeron al suelo. Al agacharse para recogerlas, vio un objeto pequeño fijado con cinta aislante debajo de la mesita de noche. Tenía el tamaño de un garbanzo, era metálico y con un delgado cable que se perdía tras la cabecera de la cama.

Cuando Elisa salió del baño le extrañó ver a Julián a gatas. Antes de que ella pudiera decir algo, él colocó el índice sobre los labios para indicarle silencio. Luego hizo señas para que se acercara y viera lo que había descubierto. No era necesario ser un experto en electrónica para saber que se trataba de un micrófono.

La primera reacción de ambos fue de enojo. Decidieron bajar a la recepción para quejarse. Estaban dispuestos a presentar una reclamación formal. Consideraron que poner micrófonos en las habitaciones de los hoteles era un delito grave en cualquier país, una flagrante invasión a la intimidad.

Poco a poco, el disgusto fue cediendo su lugar a la curiosidad. Se encerraron en el baño y, tras asegurarse de que allí no hubiera otro micrófono, discutieron el asunto. Les parecía absurdo que alguien estuviera interesado en vigilarlos.

Después de todo, se dijeron, sólo eran dos inofensivos turistas.

Salieron del baño en silencio. Sin saber bien por qué, caminaban de puntitas, tratando de no hacer ruido. Durante horas buscaron detrás de los cuadros y los espejos, en los cajones, dentro del ropero, entre los pliegues de las cortinas y bajo los muebles. No había más micrófonos.

Al día siguiente, junto con sus compañeros de viaje (casi todos viudos y divorciados) pasearon por las calles de Sofía y llegaron a la plaza que se extiende frente a la catedral Alexander Nevski. Allí florecían numerosos tenderetes rebosantes de medallas con la hoz y el martillo, gorros militares y demás vestigios del pasado. Se alejaron un poco de los demás miembros del *tour*. No tenían ganas de escuchar al guía, quien en ese momento intentaba explicar, en su pésimo español, algo relacionado con la plaza. Tras pensarlo durante toda la mañana, Elisa se convenció de que el micrófono no tenía relación con ellos. Julián estuvo de acuerdo.

—Tal vez lo mandó colocar un marido celoso –aventuró él–. Quería tener una prueba de que su mujer se citaba en esa habitación con su amante.

Aunque sonaba verosímil, esa explicación no le gustó a Elisa; le pareció demasiado prosaica.

—Me temo –le aclaró Julián–, que la realidad suele ser muy grosera.

Ella no replicó, y mientras examinaba una polvosa estatuilla de Lenin, dio su versión: el micrófono había sido instalado años antes, durante el comunismo, por la policía secreta.

—Esa habitación –dijo– era el lugar donde se reunía cada semana un espía occidental y una búlgara que formaba parte de un grupo disidente. Se hacían pasar por amantes para no despertar sospechas. Allí intercambiaban información secreta, planes y conspiraban contra el gobierno. Y claro, a fuerza de encontrarse y fingir que eran amantes…

—Ya sé que vas a decir.

—¿Qué voy a decir, sabelotodo?

—Pues que de tanto encontrarse y actuar como amantes terminaron enamorándose y se volvieron amantes de verdad —se burló Julián—. Es el tipo de historia que sólo a ti se te ocurriría.

Elisa hizo un mohín y fue a reunirse con los demás.

A media tarde, al entrar en un restaurante, Elisa y Julián eligieron una mesa pequeña en vez de sentarse con el resto del grupo. Sus compañeros de viaje no dejaron de notar la extraña conducta de los jóvenes esposos, quienes hasta entonces se habían mostrado muy sociables.

Inspirados por los dos vasos de rakia que cada uno se tomó para abrir el apetito, discutieron nuevos detalles de la historia. Tras un breve debate, llegaron a un acuerdo: el micrófono lo había colocado el administrador del hotel —no el actual, sino el que desempeñaba ese cargo en la época comunista. Aunque no lo hizo por iniciativa propia, sino obedeciendo órdenes de la policía política, la cual sospechaba de la pareja. Quizá ya sabían que se trataba de un espía occidental y de una disidente búlgara.

—No me cabe la menor duda de que fue el administrador —afirmó Elisa, complacida—. También fue él quien se encargaba de grabar las conversaciones.

Julián no quiso quedarse atrás:

—Y seguramente tenía una de esas viejas grabadoras de carrete. La instaló en el sótano, en una pequeña habitación sin ventanas. En cuanto veía llegar a la pareja, se colocaba unos audífonos y hacía funcionar el aparato.

—Claro –convino ella–. Esas grabaciones fueron la perdición de ambos. Una tarde, varios agentes del servicio secreto tiraron la puerta a patadas y los detuvieron con lujo de violencia. Al pobre espía lo fusilaron y a ella la enviaron a Siberia.

—¿A Siberia? –soltó una carcajada Julián–. Te recuerdo, amor mío, que Siberia está en Rusia.

—Bueno, tú me entiendes. Me refiero al lugar donde acostumbraban enviar a los enemigos del sistema.

Al regresar a la habitación, Elisa y Julián trataron de no pensar más en el micrófono. Conversaron sobre algunos de los lugares visitados: la rotonda de San Jorge, el parque Borisova Gradina y el Teatro Nacional. Sin embargo, no resultaba fácil ignorar el micrófono y, en medio de la plática, se dieron cuenta de que estaban susurrando. Eso les hizo gracia. Luego, cuando ya se habían acostado, a Elisa se le ocurrieron más cosas sobre el antiguo administrador. Consideró que éste aún seguía en el hotel.

—Se ha convertido en un anciano decrépito y amargado –dijo con voz apenas audible y mirando con recelo hacia el lugar donde estaba el micrófono–. Se resiste a aceptar que su país dejó atrás el comunismo y considera que su deber es seguir registrando las conversaciones de los huéspedes, especialmente los de esta habitación.

—¿Aún la grabadora de carrete? –preguntó Julián, también en voz baja.

—Todavía. Y los audífonos. Y envía cada mes un paquete con las cintas grabadas a las oficinas del partido, sólo que ya no son las oficinas del partido, sino una tintorería… no, un taller donde confeccionan jeans estadunidenses piratas.

—¿Qué hacen con los paquetes en ese taller?

—Nada. Al principio les dio curiosidad, pero ahora los tiran a la basura. Ya se dieron cuenta de que los envía un loco.

—Pobre sujeto.

—No le tengas lástima. Acuérdate que por su culpa fusilaron al espía y detuvieron a la disidente.

—Cierto.

Una hora después Elisa seguía despierta. Se levantó de la cama y miró debajo del buró. Con la ayuda de un encendedor, iluminó el micrófono y estuvo observándolo con aire pensativo. Después regresó a la cama.

—Julián.

—Mmm.

—¿Estas dormido?

—Sí.

—Ella aún vive. La liberaron cuando cayó el régimen. ¿Me estas oyendo? Despierta.

—Sí, te oigo.

—Se llama Olga… no, Katia. Debe tener más de sesenta años. Nunca se casó. Vive en su pueblo y no le gusta hablar del pasado. ¿Sabes que un día vino a la ciudad? Inventó un pretexto para regresar durante un par de días. Se hospedó en este hotel…

—Y pidió esta misma habitación –afirmó Julián entre dos bostezos.

—Exacto.

—Seguramente sentía nostalgia.

Elisa reflexionó unos instantes. Una brisa agitó con suavidad las cortinas trayendo un poco de fresco a esa habitación barata y sin aire acondicionado.

—No fue nostalgia. Vino por otra cosa.

—Ya sé, quería vengarse del administrador.

—Tampoco. Ella nunca supo que fue él quien los denunció. El muy cobarde no dio la cara.

—¿A qué vino entonces?

—A suicidarse. Nunca pudo olvidar al espía. Mientras estuvo en prisión nadie le dijo que lo habían fusilado. Durante años creyó que él también estaba preso y que un día volverían a reunirse. Al salir supo la verdad y, como podrás imaginarte, se le acabaron las ganas de vivir.

—Pero no se mató, ¿verdad?

—No.

—¿Por qué? ¿Qué se lo impidió?

—...

—Elisa, te estoy hablando. Dime por qué no se mató.

—Déjame dormir.

—¿No me lo vas a decir?

—Averígualo tú. Yo tengo demasiado sueño.

Ninguno de los dos sabría decir ahora de quién fue la idea. El hecho es que el último día de su estancia en la ciudad, Elisa y Julián salieron de compras sin decirle nada a sus compañeros de viaje. Cada uno se fue por su lado. Ella consiguió unas gafas oscuras con montura de carey, una pañoleta y un anticuado abrigo; él, un sombrero de fieltro y una gabardina de segunda mano a la Humphrey Bogart. Luego, por la tarde, mientras el resto del grupo realizaba una excursión a un monasterio en las afueras, ambos regresaron al hotel vistiendo la ropa y los accesorios recién adquiridos.

Primero llegó él. Antes de ir a la habitación, pidió que le subieran una botella de champaña. Luego se presentó ella. Fue directamente al elevador. Caminaba con aire receloso, mirando a cada momento sobre su hombro como si alguien la siguiera. Una vez en el cuarto ambos se abrazaron como si no se hubieran visto hace mucho tiempo y, después de besarse, intercambiaron información secreta, planes y conspiraron contra el gobierno. Luego hicieron el amor con desesperada avidez. Actuaron como si su romance se encontrara amenazado, como si en cualquier momento un grupo de agentes de la policía secreta estuviera a punto de irrumpir en el cuarto para arrestarlos con lujo de violencia. Esta posibilidad acrecentó su pasión.

Una vez saciado el deseo y agotada la champaña, permanecieron en silencio mirando el cielo raso.

—Ya sé por qué no se mató —musitó Julián un poco ebrio.

—¿Qué dijiste?

—Qué ya sé por qué no se mató.

—¿Por qué?

—El antiguo administrador logró impedirlo.

—¿Ese viejo malvado? No estoy de acuerdo —protestó ella.

—Sí, fue él.

—Pero si es un fanático, un loco, un… un… Es absurdo. ¿Por qué habría de hacer algo así?

—El viejo siempre estaba en el hotel. Aquí vivía a pesar de que ya no era el administrador. No sé por qué.

—Quizá no tenía a dónde ir —sugirió Elisa.

—Eso es, era un misántropo sin casa, ni familia. Pero, en consideración a sus años de servicio, le permitieron vivir aquí. Era una especie de intendente. Los demás empleados lo despreciaban y se reían de sus excentricidades. El viejo insistía en que aún trabajaba para el gobierno y que su deber era grabar las conversaciones de los huéspedes. Se sentaba durante horas ante la grabadora de carrete desconectada.

—Ya ves cómo sí era un loco —replicó Elisa.

—A lo mejor, pero cuando se presentó ella en el hotel...
¿Cómo me dijiste que se llamaba?

—Katia.

—Pues cuando se presentó Katia, el antiguo administrador la reconoció de inmediato. Al principio se asustó. Creyó que venía a vengarse. El viejo vivía aterrorizado ante la idea de toparse con alguna de las personas que había denunciado.

—Por eso nunca salía del hotel –agregó Elisa.

—El viejo tuvo mucho miedo al principio. Pero luego se dio cuenta de que ella no lo había reconocido y recuperó la calma. Entonces la estuvo observando con cuidado, vio que su rostro reflejaba una profunda tristeza, una gran melancolía. Poco a poco fue comprendiendo a qué había regresado. Al día siguiente no la vio salir de la habitación y se sintió inquieto. Decidió abrir la puerta del cuarto con la llave maestra y la encontró tendida en la cama. A su lado descubrió un frasco de pastillas vacío. Es cierto que el viejo nunca fue un modelo de bondad, pero quizá no era tan malvado ni estaba tan loco. O tal vez sabía que al agente occidental lo habían fusilado por su culpa y ya no deseaba otra muerte sobre su conciencia.

—No me lo imagino tratando de salvar a Katia.

—Digamos que sólo llamó a los paramédicos. Fueron ellos quienes le salvaron la vida.

—Pobre mujer. ¿Habrá hecho otro intento de suicidio?

—No lo sé.

—Yo creo que no.

Por la mañana se encontraban en la recepción del hotel junto con sus compañeros de viaje. Un mar de maletas obstaculizaba el paso. Todos esperaban el autobús que habría de llevarlos al aeropuerto.

Algunas veces, a Elisa y a Julián les da por recordar sus viajes. Entonces sacan las fotos y pasan horas mirándolas y comentando las circunstancias en las que fueron tomadas. En ocasiones también sacan los souvenirs que han ido coleccionando. Son objetos de muy distinta procedencia. Entre ellos está el micrófono espía que descubrieron en un hotel búlgaro. Por cierto que Julián nunca le dijo a Elisa –aunque ella siempre lo ha sospechado– que cuando decidieron llevárselo consigo, él siguió el delgado cable para ver a dónde conducía. Miró tras la cabecera de la cama y descubrió que no estaba conectado. Tal vez nunca lo estuvo.

PROMENADE

E S EL MENOS CONOCIDO DE LOS DEPORTES OLÍMPICOS. Carece del brillo que distingue a otras pruebas y no propicia pugnas ni rivalidad entre los participantes. Tampoco lleva al límite la resistencia física del atleta ni provoca el arrebato del público. Quizá por estas razones ha padecido el menosprecio de los medios masivos de comunicación, los cuales sólo muestran interés por aquello que pueden transformar en espectáculo. También es desdeñado por ciertos cronistas demasiado escrupulosos, quienes descalifican toda competencia donde no se hace alarde de fuerza, rapidez o resistencia. Sin embargo, debemos recordarles a estos últimos que el principal promotor de dicho deporte fue el mismísimo Pierre de Coubertin, fundador de las olimpiadas modernas.

En efecto, poco antes de morir, el barón quiso darle a los juegos un contrapeso capaz de atenuar la excesiva rivalidad que comenzaba a advertir en ellos. Temía que, con el paso del tiempo, la justa olímpica terminara centrándose exclusivamente en el aspecto competitivo y dejara de ser un encuentro fraternal entre las naciones. Por tal motivo propuso un evento que fuera la negación misma de la lucha y la confrontación.

Pese a la validez de sus razones, la iniciativa del barón despertó en su momento poco interés. Al final fue aprobada solamente para no contrariarlo. Desde entonces el nuevo deporte comenzó a practicarse de manera oficial. El propio De Coubertin lo bautizó con el nombre de *promenade*, clasificándolo dentro de las pruebas de fondo. Se realiza durante la primera semana de competencias y concluye con el fin de los juegos. Al igual que la maratón y la caminata, tiene lugar en las calles de la ciudad, pero no cuenta con una ruta preestablecida, aunque quizá sería más justo decir que posee tantas rutas como atletas toman parte en ella. Así, cuando suena el disparo de salida, cada cual elige su propio camino de acuerdo con el impulso del momento o siguiendo alguna secreta intuición. Como es de suponerse, tal proceder desconcierta a aquellos espectadores poco familiarizados con esta modalidad deportiva.

El nombre de *promenade*, palabra francesa utilizada aquí en su acepción más amplia –en el sentido de paseo–, da una muy buena idea de la naturaleza de esta disciplina. El participante tiene prohibido correr. Tampoco se le permite ejecutar el característico trotecito de los marchistas. El ritmo a seguir deberá ser, como el propio nombre lo indica, el del paseante que recorre la ciudad, libre de apremios y obligaciones, deteniéndose de tanto en tanto para apreciar el trazo de las avenidas, los monumentos a los héroes locales y los edificios públicos. Es un avance sosegado que invita a mezclarse con la gente que se reúne en las plazas y jardines. El reglamento autoriza visitar los museos, conversar con los transeúntes, entrar a las tiendas para comprar tabaco y echar una mirada a los tenderetes de bazares y mercadillos.

Más que una sobresaliente condición física, este deporte reclama un espíritu curioso, sociable y, sobre todo, sereno. También demanda una sensibilidad receptiva, capaz de entregarse al disfrute de las pequeñas cosas de la vida: el agua fresca de las fuentes, el ir y venir de las palomas en los parques, la arquitectura de las casas antiguas, el escaparate de una tienda de numismática, el pregón de un vendedor callejero, el sabor de los platillos típicos del lugar o el delicado rostro de una mujer, entrevisto fugazmente tras el cristal de una ventana.

Acorde con este espíritu, la entrada al estadio carece de espectacularidad. Los participantes no son recibidos en medio de aplausos y vítores. Generalmente ingresan por una puerta lateral y la ceremonia de premiación es realizada de manera discreta. Y, desafiando la lógica tradicional, el ganador no es el que llega primero; aquí la victoria está determinada por la cantidad y calidad de las experiencias vividas durante las jornadas previas, lo cual hace que la decisión de los jueces resulte en extremo difícil y se apoye en criterios demasiado subjetivos. Ello no desata polémicas pues, en el fondo, nadie se muestra demasiado ansioso por reclamar la victoria. Ésta se entiende, más bien, como una conquista interior, como un triunfo personal que no precisa de medallas ni coronas de laurel.

Suele ocurrir que ciertos participantes continúen con la competencia aun cuando ésta haya concluido oficialmente. Tales personas se han dejado seducir por la ciudad y se adentran en su geografía, perseverando en un recorrido cuyo término quizá ni siquiera ellos conocen. En ocasiones se los encuentra uno en la calle. Algunos ya son viejos. Es posible identificarlos gracias al uniforme de competencia, el cual portan con orgullo pese a que los colores representativos de su país casi se han desvanecido a causa de la lluvia y el sol. Se les ve en las terrazas de los cafés, jugando dominó al aire libre, paseando por alguna avenida arbolada o entre las personas que, en una esquina cualquiera, escuchan a un ciego tocar el acordeón.

ENTRE LOS CANÍBALES

CIERTO DÍA, DURANTE UNA DE MIS MUCHAS EXPLORAciones por África ecuatorial, fui capturado por un grupo de antropófagos.

Atado de pies y manos, como si fuera un animal salvaje, fui transportado en vilo hasta su aldea y encerrado en una jaula hecha de fuertes ramas. Por medio de señas, me hicieron saber que esa noche me comerían. Como es natural, caí presa de un gran desasosiego. No me avergüenza admitir que grité implorando por mi vida.

Al poco rato, atraído sin duda por mis gritos, un sujeto se acercó hasta la jaula. Por su aspecto y forma de vestir resultaba claro que no pertenecía a la tribu. Al principio creí que era un explorador como yo o un misionero. Usaba unas gafas redondas, era gordito y rubicundo. Me ofreció un poco de agua de su cantimplora y quiso saber si estaba bien.

«Sáqueme de aquí –le supliqué–. Van a devorarme.» Él dijo que lo sentía muchísimo, pero no podría hacerlo. Era un antropólogo y se encontraba investigando las costumbres y ritos de aquella comunidad.

«Como científico –me aclaró con mucha cortesía–, debo mantenerme al margen de los acontecimientos. Si intervengo, puedo alterar el campo de estudio y, por ende, los resultados.»

Aquello me pareció absurdo y le dije que en cualquier otra ocasión estaría encantado de discutir el punto. En ese momento, sin embargo, resultaba imperativo actuar con rapidez. La idea de servir de cena a esos salvajes no me entusiasmaba. De hecho, me parecía una barbaridad.

El sujeto movió la cabeza con gesto reprobatorio y me hizo notar lo relativo de mi afirmación. Partía yo de un lamentable prejuicio cultural. La verdadera barbarie, el verdadero salvajismo –argumentó– es el que ocurre todos los días en el mal llamado mundo civilizado. «Camine usted por las calles de cualquier ciudad moderna. Allí, la brutalidad es gratuita y cotidiana. ¿Con qué derecho califica usted de salvajes a estas personas?»

Aseguró que los habitantes de aquella aldea eran, en general, sujetos pacíficos y bastante amistosos.

Traté de mantener la calma y le dije que, aun así, el hecho de comerse al prójimo resultaba atroz, sobre todo cuando es uno a quien están por engullir. «El canibalismo –me interrumpió como si hablara con un niño– tiene entre estas personas un profundo sentido religioso, forma parte de un rito ancestral. No es un simple capricho. Si lo dejo escapar o intento disuadir a los miembros de la tribu de liberarlo, sería tanto como cuestionar sus creencias e imponer criterios morales ajenos a ellos.»

Respondí que, aunque fuera un científico, él había sido educado dentro de un código de valores distinto al de estos individuos. Pertenecíamos a la misma cultura y el hecho de no ayudarme lo convertía en cómplice de un crimen, en un vil asesino. «Los antropólogos no están por encima de la ley ni de la moral», le espeté.

Él insistió en lo del respeto a las culturas autóctonas, en

el asunto de la objetividad científica y otras cosas que ya olvidé. Sin embargo, lo notaba cada vez más inseguro y dubitativo. Al final accedió a prestarme ayuda. No abriría la jaula ni trataría de convencer a los nativos de soltarme. En lugar de eso, dejaría al alcance de mi mano, como por casualidad, una de las hachas de piedra fabricadas por los aborígenes. Con ella podría abrir un hueco entre los barrotes. Estuve de acuerdo y así fue como, finalmente, pude huir.

Meses después, gracias al relato de un informante local, averigüé que mi fuga provocó una gran inquietud en la aldea, pues resultaba de mal agüero celebrar la ceremonia sin comerse a alguien. Ello despertaría la ira de sus dioses, provocando hambre, enfermedad e inundaciones. Por tal motivo, resolvieron nombrar a un sustituto. Tal decisión no le agradó al antropólogo, quien hizo todo lo posible por declinar tan alto honor. Sin embargo, percatándose quizá de lo inconsecuente de su proceder, terminó aceptando con gesto resignado.

Debo reconocer que el sujeto poseía principios sólidos y estuvo dispuesto a respetar hasta el fin la identidad cultural de aquel pueblo.

Justificación y agradecimientos

Las dos primeras secciones de este volumen (Viajes y Peripecias) forman la versión original de *Papeles de Ítaca*, obra con la cual el Centro Universitario del Sur, de la Universidad de Guadalajara, me honró al otorgarme el premio del Concurso Nacional de Cuento «Juan José Arreola» 2013. La tercera parte (Otros destinos) está constituida por algunos relatos míos que siempre quise ver juntos y cuyo tono y forma les permiten integrarse –eso creo– al conjunto.

Me gustan los libros que uno puede abrir por cualquier parte y que se dejan leer sin apremio lo mismo en los autobuses, los aviones, los cafés o los parques públicos. Así concebí estas páginas, las cuales espero que cumplan al menos con los objetivos de acompañar y divertir al lector.

Este libro es resultado de la generosidad de varias personas. Quiero agradecer a Alberto Chimal, Bernardo Fernández «Bef» y Andrés Acosta, jurados del Concurso Nacional de Cuento «Juan José Arreola». A Ricardo Xicoténcatl García Cauzor, Ricardo Sigala, Sayri Karp y Jorge Orendáin, del Centro Universitario del Sur y la Universidad de Guadalajara.

Asimismo vaya mi gratitud para Rogelio Villarreal Cueva, Martín Solares, Guadalupe Ordaz, Guadalupe Reyes y Pablo Martínez de la Editorial Océano de México. Finalmente agradezco a mis amigos de muchos años Marcial Fernández y Mónica Villa, de Editorial Ficticia, quienes publicaron por primera vez algunas de las historias que aparecen en la tercera parte del presente volumen.

ÍNDICE

Esta obra se imprimió y encuadernó
en el mes de mayo de 2014,
en los talleres de Jaf Gràfiques S.L.,
que se localizan en la
calle Flassaders, 13-15, nave 9,
Polígono Industrial Santiga
08130 Santa Perpetua de la Mogoda (España)

12/16 Ø